HOMÈRE

Sylvain Tesson

[法] 西尔万·泰松——著

黄荭——译

在宙斯的阳光下……荷马

上海文化出版社

图书在版编目（CIP）数据

在宙斯的阳光下：荷马／（法）西尔万·泰松著；黄荭译. —上海：上海文化出版社，2021.6
ISBN 978 - 7 - 5535 - 2224 - 1

Ⅰ.①在… Ⅱ.①西…②黄… Ⅲ.①《荷马史诗》—诗歌研究 Ⅳ.①I545.072

中国版本图书馆 CIP 数据核字（2021）第 071268 号

图字：09 - 2020 - 1254

出 版 人：姜逸青
策 划：小猫启蒙
责任编辑：赵 静 任 战
责任监制：刘 学
封面设计：许洛熙

书 名：在宙斯的阳光下：荷马
著 者：[法] 西尔万·泰松
译 者：黄 荭
出 版：上海世纪出版集团 上海文化出版社
地 址：上海市绍兴路 7 号 200020
发 行：上海文艺出版社发行中心
 上海市绍兴路 50 号 200020 www.ewen.co
印 刷：苏州市越洋印刷有限公司
开 本：787×1092 1/32
印 张：9.75
版 次：2021 年 6 月第 1 版 2021 年 6 月第 1 次印刷
书 号：ISBN 978 - 7 - 5535 - 2224 - 1/I. 856
定 价：49.00 元
如发现本书有印装质量问题请联系印刷厂质量科 电话：0512 - 68180628

Omnia pro illa.

Τό πᾶν δι'αὐτήν.

Tout pour elle.

Tutto per lei.

一切为了她。

序

经典的另一种打开方式

黄 荭

一

庄子描写庖丁为文惠君解牛："手之所触，肩之所倚，足之所履，膝之所踦，砉然向然，奏刀騞然，莫不中音。合于《桑林》之舞，乃中《经首》之会。"手起刀落，游刃有余，"依乎天理，批大郤，导大窾，因其固然"。只要找对地方下刀，巧妙地拆解，一头肥牛顷刻间迎刃而解，如土委地。

这出神入化、酣畅淋漓的手法和刀工委实厉害，而庄子更是从庖丁的经验之谈中悟出了养生的真谛，找到了破解"吾生也有涯，而知也无涯"之困局的不二法门。相信很多读者都有过"肉体真可悲，唉！万卷书也读累"的喟叹，的确生命太短而普鲁斯特太长。有多少读不下去读不进去的经典就像捂不热的石头养不熟的狼，谁不梦想有一把庖丁解牛的刀，行云流水般切开文本的肌理，层层剥开复杂幽微的人性？

　　从某种意义上说，法国 France Inter 广播电台的 "与……共度的夏天"（Un été avec）系列读书节目就是一场接一场绝妙的文学版 "庖丁解牛"。灵感来自电台掌门人菲利普·瓦尔（Philippe Val），是他最早约请法兰西公学院的知名教授安托万·孔帕尼翁（Antoine Compagnon）为 2012 年夏量身打造一档读书节目："人们悠闲地躺在海滩上享受着阳光和海风，或者在丰盛的午餐之前，先呷上几口开胃酒……此时陪伴他们的是电台播放的探讨蒙田的专题节目……"

　　教授一琢磨，整个夏天听众在度假的遮阳伞下每天听他用几分钟时间尬聊哲学，这个事情貌似挺不靠谱的，因为在浩繁芜杂的《随笔集》中自己只能大刀阔斧 "选出四十来个段落，加以简要评述，既展现作品的历史深度又要挖掘其现实意义"。是效仿圣·奥古斯丁翻阅圣经那样随意摘抄？抑或是请别人随便指出一些段落进行讲解？是蜻蜓点水般把《随笔集》中的重大主题一一点到，粗粗勾勒出这部作品丰富多样的内涵和全貌？抑或是只选自己偏爱的章节，不去考虑作品的统一性和完整性？最终，孔帕尼翁的做法是随心所欲跟着感觉走，和庖丁一样，"以神遇而不以目视，官知止而神欲行"，四十个碎片的 puzzle 游戏开启了一场未知却无比自由酣畅的阅读之旅。

首季节目定档在每天中午 12：55—13：00，从周一到周五，连续四十天。节目一炮打响，像夏日啜饮一小杯加冰的茴香酒一样令人回味。那个与蒙田共度的夏天，度假者在沙滩上晒黑的不只是皮肤，还有他们的灵魂。很快，节目的广播录音结集整理成书并与次年春天出版，首印五千册很快告罄，多次加印至十五万册，至今依然排在散文随笔类书籍销售榜单的前列。

二

第二年"与普鲁斯特共度的夏天"绝对是空前绝后的梦之队豪华阵容：安托万·孔帕尼翁谈《追忆》中的"时间"、让-伊夫·塔迪埃谈"人物"、热罗姆·普里厄尔谈"普鲁斯特及其社交界"、尼古拉·格里马尔蒂谈"爱情"、朱丽娅·克里斯蒂娃谈"想象的事物"、米歇尔·埃尔曼谈"地方"、法拉埃尔·昂托旺谈"普鲁斯特和哲学家"、阿德里安·格茨谈"艺术"。劳拉·马基在次年出版的同名书籍的序中说：这也是读者睁开眼睛，荡漾在普鲁斯特的遐想之中"阅读自己内心"、"深刻认识自己"的夏天。

从此，这档由专家、学者、作家合力精心打造的"大家读经典"的广播节目成了 France Inter 每个夏天的固定节目，随之出版的系列丛书也因深入浅出、纵横捭阖、妙趣横生的风格受到无数读者的追捧，掀起了一股沙滩阅读浪潮。继蒙田和普鲁斯特之后，是与波德莱尔（2014）、维克多·雨果（2015）、马基雅维利（2016）、荷马（2017）、保尔·瓦莱里（2018）、帕斯卡尔（2019）、兰波（2020）共度的夏天……在大家（学者/作家）的带领和指点下，大家（读者/听众）得到了一种快速沉浸式的阅读体验，打破了常规的学院派阅读定势和对作家及其作品的刻板印象，再晦涩再难啃的经典仿佛都在热辣的夏天被一一点中了穴道，手到擒来。

三

这一另辟蹊径的书系很快也得到了中国学界和出版界的瞩目，2016 年华东师范大学六点分社率先引进出版了《与蒙田共度的夏天》。而翻译《追忆》的徐和瑾先生向译林出版社推荐并翻译了《与普鲁斯特共度假日》。今年，上海文化出版社推出的是这个系列接下来的四种，为了凸显书的内容，书名被改成了更加个性化的《污泥与黄金：波德莱尔》《时局之外：马基雅维利》《只闻其名：雨果》《在宙斯的阳光下：荷马》。

其实"共度的夏天"套用在所有经典作家身上有时也有一种违和感，比如在安托万·孔帕尼翁看来，"'与波德莱尔共度的秋天'才是更为应景的题目，这个衰亡的季节，日头渐短，猫咪也在壁炉边缩成了一团"。他也很清楚写波德莱尔要比两年前写蒙田的挑战更大，"人们喜爱《随笔集》的作者，是为他的诚恳、节制和谦逊，以及他的善良和博大"，且《随笔集》是他唯一的巨著，一本完美的枕边书，人们愿意"每晚重读几页，以期更好地去生活，更加智慧、更加人性地活着"。而作为被诅咒的诗人，波德莱尔阴郁、矛盾、离经叛道，他的作品也更加晦涩驳杂，有"用韵文体和散文体写就的诗歌、艺术评论、文学评论、私密信件、讽刺作品或抨击文章"。用萨特的话形容，波德莱尔"生活很失败但作品很成功"。不过，我们尽可以放心，孔帕尼翁最终找到了一种"轻快而跳跃"的方式，既尊重了诗人身上的所有矛盾，又为我们指出了一个通向小径分叉的文本花园的入口，看波德莱尔如何把"污泥"点化成金。

作为一个几乎穿越了整个十九世纪的法国大文豪，维克多·雨果的成就超出了少年时立下的志向"成为夏多布里昂或什么都不是"。他成长为赫赫有名的小说家、诗人、剧作家、政论作者；还是法兰西学术院院士、贵族院议员和国民议会议员。他"从不停止自我怀疑，以便更接近现实"。他希望自己和其他所有人一样，不畏惧也不自大，他关心生活在最底层被压迫的民众，怀抱着浪漫英雄色彩的人道主义，见他们所见、感他们所感，通过写作，带他们走向光明。劳拉·马基指出维克多·雨果最后想揭示的秘密："是爱拯救了最悲惨的人，并使他成为故事真正的主人公。"

除了莫衷一是的"马基雅维利主义"这个生僻的词语，我们对这位文艺复兴时期的意大利政治思想家、历史学家还知道些什么？"只要读一下我的书就会看到，在我学习管理国家事务的十五年中，从未睡过一个好觉，也没尽兴玩过一次。"1513 年，这位隐居乡间创作了《君主论》、期期艾艾想得到复辟的美第奇家族赏识的政治家这样感概。为什么在娱乐至上的当代要重读心忧天下的马基雅维利？不是说好了秉烛夜游、花底醉卧吗？法兰西公学院历史学教授帕特里克·布琼（Patrick Boucheron）给出的理由是：居安思危。"历史上每次对马基雅维利的再度关注，都是在风雨即将到来之时，因为他是善于在暴风雨中进行哲学思考的人。如果今天我们重读马基雅维利，那肯定是又有什么值得担忧的事情来了。他回来了，你们醒醒吧！"迫使我们阅读他作品的，不是安逸的现在，而是暗藏危机、风云诡谲的将来。

这同样也是我们今天重读荷马史诗的理由，西尔万·泰松（Sylvain Tesson）说荷马史诗也照进了我们的现实："当代的所有事件都在史诗中找到回声，更确切地说，历史上的每一次动乱都印证了荷马史诗中的预言。因此，打开《伊利亚特》和《奥德赛》就等于在看一份报纸。这份写给全世界看的报纸，一劳永逸，表明在宙斯的天空下，一切未曾改变：人还是老样子，是既伟大又令人绝望、光芒四射又内心卑微的动物。读荷马史诗可以让你省下买报纸的钱。"

四

2018 年的夏天，我拿到法国国家图书中心（CNL）的译者资助，在南法古老迷人的小城阿尔勒（Arles）待了一段时间，那应该是我第五次还是第六次在国际文学翻译学院（CITL）的梵高空间（Espace Van Gogh）小住了。黄白相间的拱形游廊围着一个四方的内庭花园，中间是一个圆形的小喷泉，向四周辐射出八条小径，建筑格局和当年梵高画作上的景色并无二致。我很喜欢在这个闹中取静的地方翻译、冥想、放空，仿佛时间暂停了，虽然楼下经常有观光客成群结队逛花园看摄影展，偶尔也有乐队在楼前的空地上演出。

学院只占整栋大楼的一翼，二楼是办公场所和图书馆，三楼是十个供各国译者小住的带阁楼的房间。房间逼仄，只摆得下一张大书桌和几个小柜子，有一个带淋浴的小卫生间，从木头楼梯可以爬上小到只能搁下一张床的阁楼。虽然装了空调和暖气，但老式房子的现代设施都不大灵光，夏天空调不够冷，冬天暖气不够热，网络信号慢且随时会断……但大家都觉得这种修院式的环境更适合翻译和创作。厨房、客厅、洗衣房和一个很小的乒乓球室是公用的，还有种着草花的大露台，可以搬桌椅出来吃饭，也可以晾晒衣物床单。没过几天大家就熟识了，虽然来自不同的国家，但在这个文学翻译的共同体里很快就有了默契，半集体生活其乐融融，译者们时不时切磋翻译上遇到的问题，但大多数时间都各自关在房间里和文字单打独斗。

我当时正在对《两性：女性学论集》的译稿做最后的

校对修订工作，偶尔也到楼下的图书馆查查资料。图书馆的入口有一个小展台，摆放着几本当季特别推荐的新书。封面上地中海蔚蓝色的背景和古铜色的剪影在第一时间吸引了我的目光。于是，那个夏天我和西尔万·泰松笔下的荷马初次相遇。

2018年底，当上海文化出版社的编辑联系我翻译这本书时，我没有惊讶，我一直相信吸引力法则，也很期待精神层面上的第二次握手。这本书的翻译断断续续花了我一年多时间，其中有一个多月是终于完整重读了以前几次都没读完的陈中梅翻译的《奥德赛》和《伊利亚特》。所以，和泰松一样，我也很感谢有这样的契机，"让我有机会沉浸在《伊利亚特》和《奥德赛》这两部经典之中。一次在瀑布下的荡涤心灵之旅。同样，也感受到在一首诗中让自己焕然一新的欢愉"。以荷马诗歌的节奏呼吸，捕捉它的韵律，遐想着一场场英雄的战斗和乘风破浪的远行。

五

维吉尼亚·伍尔夫在一封信中曾经写过："有时我想，天堂就是持续不断、毫无倦意的阅读。"的确，阅读给予我们的，可以是忘我是销魂，也可以是自觉是警醒，仿佛一次次走进不同的平行世界，每一次走出来的时候，已然是另一个自己。

"自由就是明知命运不可战胜仍向它迈进……虽然我们不知道是在哪一天、哪一刻，却知道生命终会落幕。难道这能阻止我们翩然起舞吗?"西尔万·泰松说:"总之，生活还是要继续，要唱着歌，走向既定的命运。"

或许这就是在当代文学大家的引领下阅读（重读）经典给我们最大的启示:不管你选择与哪一本书、哪一个作家相遇，通过一种信马由缰、达达主义式的阅读，都会让我们走向另一个世界，走向另一个自己。

2021 年 5 月，和园

目 录

荷马和纯美

前　言

　　录制关于荷马的节目是殊荣，是幸福，让我有机会沉浸在《伊利亚特》（*Iliade*）和《奥德赛》（*Odyssée*）这两部经典之中。一次在瀑布下荡涤心灵之旅。同样，也感受到在一首诗中让自己焕然一新的欢愉。几个月来，我都以荷马诗歌的节奏呼吸，聆听它的韵律，遐想着一场场战斗和出海远行。很快，《伊利亚特》和《奥德赛》让我活得更好。而且，它们也照进了我们的现实。这是古代的奇迹。两千五百年前，一位诗人、几个思想家、一些哲学家奔赴（或抵达）爱琴海遍地石子的海滩，给世人带来了历久弥新的教诲！古希腊人告诉了我们，我们尚未成为的样子。

　　21世纪，中东纷争不断，荷马描写了战争。政权更迭，荷马描绘了人类的贪婪。库尔德人（Kurdes）在他们的土地上英勇奋战，荷马讲述了奥德修斯①为夺回政权而

---

① 奥德修斯（Odysseus），又译俄底修斯，古希腊神话中的英雄，对应罗马神话中的尤利西斯（Ulysse）。（本书注释如无特别标注均为译者注。）

战斗。生态灾难让我们感到恐惧，荷马刻画了在人类的疯狂面前大自然的愤怒。当代的所有事件都在史诗中找到回声，更确切地说，历史上的每一次动乱都印证了荷马史诗中的预言。

因此，打开《伊利亚特》和《奥德赛》就等于在看一份报纸。这份写给全世界看的报纸，一劳永逸，表明在宙斯的天空下，一切未曾改变：人还是老样子，是既伟大又令人绝望、光芒四射又内心卑微的动物。读荷马史诗可以让你省下买报纸的钱。

奥德修斯出现了。这个内心充满矛盾的人是谁？他喜欢冒险，但他又想回家。他对世界充满好奇，但又念念不忘他的家；他一边享受着倚翠偎红的艳福，一边又为思念珀涅罗珀①而落泪；他一边漂泊历险，一边做梦都想还乡。奥德修斯是"伪旅行者，迫不得已的冒险家，其实他的内心很宅"，弗拉基米尔·扬科列维奇②在《历险》（*L'Aventure*）中这样调侃道。这个孔武有力、足智多谋的

---

① 珀涅罗珀（Pénélope），奥德修斯的妻子，在丈夫远征特洛伊失踪后，拒绝了所有求婚者，一直等待丈夫归来，忠贞不渝。

② 弗拉基米尔·扬科列维奇（Vladimir Jankélévitch, 1903—1985），法国哲学家、音乐学家，俄裔犹太人。

英雄看起来令人费解，他内心纠结，摇摆不定。他是你——读者，也是我，是我们：他是我们的兄弟。阅读《奥德赛》就像是在镜子里看自己的灵魂。这就是作品的天才之处：用几个章节就勾勒出了人的轮廓。此后再没有人做到过。

在字里行间，闪耀着阳光、入世的情怀、对动物和森林的柔情——一言以蔽之，即生活的甜美。打开这两本书，难道你没有听见涛声？当然，有时候短兵相接的声音会掩盖它。但涛声总会回来，这是献给我们在地球上生活的爱之歌。荷马是音乐家，我们生活在他谱写的交响乐的回声中。

这首诗给我的身躯注入了曾经失去的活力之液。阅读荷马令人振奋。这就是永恒的经典的作用。"时不时地，希腊人提供一些可以说是释放他们所有激情、所有坏的天性的节庆娱乐……从这里可以看出世人最不信神的一面。"尼采在《瞧这个人》（*Ecce homo*）中言之凿凿地说。来欢度节日吧！它总是那么热火朝天。

你们准备要阅读的文本是我对系列广播节目的改写。说给听众听和写给读者看是不一样的。说话不是写作。在录音间，话语更起伏多变，更自由，靠得不是那么近，就像人们形容一艘沿海岸航行的帆船一样。说到底，在一个麦克风面前谈论荷马不啻于讲述一个希腊故事：就像在海浪中航行，我希望，如果突然偏离了航向，你们也会谅解。

本书所引用的《伊利亚特》和《奥德赛》的诗句均出自两个法译本——菲利普·雅各泰①翻译的《奥德赛》（éd. La Découverte，1982，2004）和菲利普·布吕内（Philippe Brunet）翻译的《伊利亚特》（éd. du Seuil，2010，2012）。后者是当代的行吟诗人，他的译作是用来高声朗读的，他试图再现荷马诗句的节奏，通过"视唱练耳""连奏""断奏"去打磨诗句。蓝色是海天之色，蓝得像阳光普照下的碧空，或许也像荷马——唯一一个瞎眼的通灵人——的眼睛。

---

① 菲利普·雅各泰（Philippe Jaccottet, 1925— ），法国当代著名文学家，潜心诗歌、散文、文学批评的创作活动，是荷马、荷尔德林、里尔克、穆齐尔、翁加雷蒂等在法语世界中的重要译者。

秘密从何而来?

永恒之作

　　《伊利亚特》记叙了特洛伊战争，《奥德赛》讲述的则是奥德修斯重返他的伊萨卡①王国的故事。前者描绘战争，后者描绘秩序的恢复，二者都勾画出人类境况的轮廓。在《伊利亚特》中，愤怒的人群在诸神的操纵下涌向特洛伊城。在《奥德赛》中，奥德修斯在海上漂泊，从一个海岛到另一个海岛，想方设法脱身。两首史诗反差巨大：一边是战争的不幸，另一边是海岛的机遇；一边是英雄的时代，另一边是内心的历险。

　　这些诗篇凝聚了两千五百年前，通过行吟诗人之口，在迈锡尼王国和古希腊人民之中传颂的神话。这些神话在我们看来似乎很离奇，有时甚至骇人听闻，其中充满了丑

————————

① 伊萨卡（Ithaque），希腊西部海岸外的岛屿，是奥德修斯的故乡。

陌的怪物、如死神一般美丽的女巫、溃败的军队、毫不妥协的朋友、献祭的妻子和狂怒的战士。风暴起，墙垣颓，众神云雨，王后啜泣，士兵用染血的衣衫擦干泪痕，男人们互相厮杀。随后，充满温情的一幕中断了杀戮：爱抚终止了复仇。

让我们做好准备：我们将越过河流，穿过沙场。我们将投身战斗，成为众神集会的座上宾。我们将经受狂风暴雨，身陷薄雾之中，深入密室，探访海岛，踏足暗礁。

有时，一些人被殴打致死，另一些则会得救。总有众神守护。总有太阳光芒万丈，照见与悲剧交织在一起的美。人们为了各自的事情奔忙，然而，在每个人的背后，总有神在掌控游戏。人类能够自由选择，还是只能服从命运？人类是一枚可悲的棋子，抑或是独立自主的造物？

岛屿、海角和王国构成了史诗的背景。在 20 世纪 20 年代，地理学家维克多·贝拉尔[①]对此做出了十分精确的定位。地中海[②]是孕育欧洲文明的源头之一，继承了以雅典

[①] 维克多·贝拉尔（Victor Bérard, 1864—1931），法国研究古希腊的学者、外交官和政治家。他以翻译荷马的《奥德赛》和尝试复原奥德修斯海上历险的路线而闻名。

[②] 原文为拉丁语 *Mare Nostrum*，意为"我们的海"，即地中海。

为代表的古希腊文明和以耶路撒冷为代表的古希伯来文明。

这些从远古中浮现、在永恒中绽放的诗歌从何而来？为什么它们在我们耳边显得无比熟悉？如何解释一个两千五百年前的故事，依然焕发着熠熠如新的光芒，闪耀着地中海海湾粼粼的波光，引起我们的共鸣？为什么这些青春不朽的诗句仍能为我们解开关于未来的谜题？

为何这些神和英雄在我们眼中显得那么亲切？

诗歌中的英雄依然活在我们心中。他们的勇气让我们着迷，他们的激情是我们所熟悉的，他们的冒险经历造就了一些我们惯用的表达。他们是我们消散在悠长岁月中的兄弟姐妹：雅典娜①、阿喀琉斯②、埃阿斯③、赫克托耳④、奥德修斯和海伦⑤！关于他们的史诗孕育了我们这些欧洲

---

① 雅典娜（Athéna），古希腊神话中的智慧女神，雅典的守护神，是宙斯和智慧女神墨提斯的女儿。

② 阿喀琉斯（Achille），又译阿基琉斯，是《伊利亚特》中参加特洛伊战争的半人半神的英雄，海洋女神忒提斯（Thetis）和英雄帕琉斯（Peleus）之子。

③ 埃阿斯（Ajax），古希腊神话中忒拉蒙和厄里玻珀之子，特洛伊战争中的希腊联军主将之一，作战勇猛。

④ 赫克托耳（Hector），荷马史诗《伊利亚特》中参加特洛伊战争的一个凡人英雄。特洛伊的王子，普里阿摩斯的长子，帕里斯的哥哥，被誉为特洛伊第一勇士。

⑤ 海伦（Hélène），古希腊神话中宙斯和勒达所生的女儿，在斯巴达国王达瑞俄斯的宫中长大，是人间最美的女子，长大后，她和帕里斯私奔，引发了特洛伊战争。

人：我们的感知，我们的想法。"希腊人让世界变得文明了。"夏多布里昂（Chateaubriand）这样写道。之后，荷马继续帮助我们认识生活的真谛。

关于荷马存在之谜有两种假说。

一是众神真的存在过，并给了诗人写他们生平事迹的灵感和先见之明。在时间的深渊里，荷马史诗具有预见性，注定要和我们的时代相遇。

二是在宙斯的阳光下，一切未曾改变，贯穿诗篇的主题——战争与荣耀、伟大与仁慈、恐惧与美丽、记忆与死亡——让永恒回归的炽热炭火生生不息。

我相信人性不变。现代社会学家认为人类是可以不断完善的，进步和科学使人类变得更好。胡扯！荷马史诗才是不朽的，因为即便人类变换了行头，无论是曾在特洛伊平原上戴着头盔战斗的士兵还是正在 21 世纪等公交车的现代人，他们都是同样的人，同样可悲或同样伟大，同样平庸或同样崇高。

停下一切

还记得小时候被逼着读那些无聊冗长的课文吗？初中一年级时，我们的课文中就有荷马史诗。可那时的我们一心只想在林子里奔跑玩耍。我们百无聊赖，望着教室窗外的天空发呆，天上却从未出现过一辆神车。我们为什么无法让自己沉浸在一首经久不衰、依然鲜活、是最初也是永恒的诗篇之中？沉浸在一首众声喧哗、充满愤怒和训诫、有一种痛彻心扉的美、让诗人流泪吟唱至今的歌谣之中？

一个达达主义式的建议：放下那些无关紧要的挂虑！把收拾碗碟的事放到明天！关掉电视和手机！让小孩子哭一会儿也没有关系，别磨蹭，快打开《伊利亚特》和《奥德赛》，高声诵读里面的章节，在海边也好，在卧室的窗前也好，在山顶也好。从心底吟唱出这超凡脱俗的诗歌吧！这些诗歌，对处在时代迷雾中的我们会有所帮助。可怕的年代就要到来。以后，饱受工业污染的空中会升起一架架无人机，机器人会对我们进行生物识别，文化认同的诉求会被禁止。未来，由互联网连接在一起的一百亿人类，会陷入对彼此无尽的猜疑中。跨国公司想靠基因手术牟利，鼓吹人类术后可以多活几十年。荷马，才是我们当今世界忠诚的老朋友，他能驱散后人文主义的噩梦。他为我们指明了方向：人应该在多姿多彩的世界中张扬自我，而不应该在一个宛若沧海一粟的星球上狂妄自大。

荷马，文学之父

《伊利亚特》长一万五千行，《奥德赛》一万二千行：还有什么好再写的呢！

拉斯科岩洞的壁画本应该断了后人画画的念想，《伊利亚特》和《奥德赛》本应该打消后人从事文学创作的冲动。这样，我们的图书馆也不会被浩瀚书卷的重负压垮！《伊利亚特》和《奥德赛》开辟了文学的时代，也完成了现代性的循环往复。

一切以六音步诗行的形式展开：伟大和奴役，生存的艰难，命运和自由的叩问，平静生活和永世荣耀、节制和放纵的两难选择，自然的温柔，想象的力量，美德的高尚和生活的无常……

但是诗歌的创作者身上仍有秘密没解开！

荷马是谁？他如何创造出如此伟大的作品？这个问题

使尼采着迷，学者们对此也争论不休，同样还困扰着我们这个热衷于人物生平考据的时代。每个世纪都会将天才的作品简化为一些当时人们关注的切入点。我们这个追求男女平等的世纪关注自我诉求。很快，研究古代文学的专家会揣测荷马是否是一位跨性别作家。

但荷马自己就解答了这个问题。从写《奥德赛》开始，他就召来了谟涅摩叙涅①。这位记忆女神讲述故事，而诗人自己则专心收集诗歌的精华。既然文章出自女神之口，揭开抄写人的面目又有何益？

> 告诉我，缪斯，那位聪颖敏睿的凡人的经历，
> 在攻破神圣的特洛伊城堡后，浪迹四方。
> 他见过许多种族的城国，领略了他们的见识，
> 心忍着许多痛苦，挣扎在浩淼的大洋，
> 为了保住自己的性命，使伙伴们得以还乡。但
> 即便如此，他却救不下那些朋伴，虽然尽了力量：
> 他们死于自己的愚莽，他们的肆狂，这帮

---

① 谟涅摩叙涅（Mnémosyne），古希腊神话里司记忆、语言、文字的女神，十二提坦之一。

笨蛋，居然吞食赫利俄斯·呼裴里昂的牧牛，

被日神夺走了还家的时光。开始吧，

女神，宙斯的女儿，请你随便从哪里开讲。

（《奥德赛》，第一卷，1—10行）①

　　荷马生活在公元前 8 世纪，希罗多德②说："（荷马）比我早四百年。"荷马不是报道战争的记者，因为特洛伊战争——《伊利亚特》的主题——发生在公元前 1200 年。这些推定的年代来自一位异想天开的德国人海因里希·施里曼③在小亚细亚草原上的考古发现，他给电影导演史蒂文·斯皮尔伯格（Steven Spielberg）带来灵感，使其创造了印第安纳·琼斯这个人物。迈锡尼文明兴盛于公元前 1600 年到公元前 1200 年，而后日渐式微，最终毁于内部的积重难返。因此，回忆、传奇和史诗先是以口口相传的

---

① 本书中有关荷马史诗的翻译均沿用陈中梅译的《荷马史诗：奥德赛·伊利亚特》(全二册)，上海译文出版社，2016 年；译林出版社，2017 年；特此感谢。译者仅在个别几处作了细微修改。另，因本书版式要求，个别引文的行数与上述译本会有些许出入。

② 希罗多德（Hérodote，约前 480—前 425），古希腊作家、历史学家，他把旅行中的所见所闻和第一波斯帝国的历史记录下来，写了《历史》一书，被尊称为"历史之父"。

③ 海因里希·施里曼（Heinrich Schliemann，1822—1890），德国传奇的考古学家，让荷马史诗中长期被认为是文艺虚构的国度如特洛伊、迈锡尼和梯林斯重见天日。

方式流传了四百年，后来才有一个名叫荷马的人，沿海边一路收集这些素材，并写就了一首长诗。从那时起，关于荷马的身份就有三种说法。

第一种说法，距特洛伊战争发生四百年后，出现了一位真正的天才。他留着胡子，双目失明，从零开始创作了这两部作品。这位无与伦比的创作者，既是造物主也是妖魔附身，他像人们发现火一样创造了文学。

第二种说法，荷马这个名字是用来指称一群吟游诗人的。他们能即兴创作长篇史诗，直到近代，他们仍吟游在爱琴海岸和巴尔干半岛上。今天我们可以把他们称作"艺术家团体"。几个世纪以来，他们收集民间传说，而后对其进行编排、扩充和润色，最后再在这里穿插配一段诗，那里配一段华美的乐章。《伊利亚特》和《奥德赛》可能就是通过拼凑素材、整理口头文化遗产而成的作品，其中不协调的部分可能是吟游诗人们添进去的。

最后一种说法，根据法国历史学家雅克琳娜·德·罗米伊[1]的论文，真相就隐藏在其中。荷马应该是个能修善

---

① 雅克琳娜·德·罗米伊（Jacqueline de Romilly, 1913—2010），希腊语言学家、历史学家和小说家，1988 年当选法兰西学院院士。

补的人。他收集了民间传说，然后用一种独特的文体，即他自己的方式，创作了史诗。别忘了勃拉姆斯①，他对匈牙利乡村舞蹈进行了再创作，将其打造成古典文化遗产。荷马应该是炼金术士，他把多种材料放进一个独一无二的瓶子里，果断地将不属于同一时代的事件和情节混在一起。如果不是这种"杂烩"的方法，那他的灵感又从何而来？

不管素材是零散的还是统一的，荷马史诗成文的时间是公元前 8 世纪，这一时期，希腊人受腓尼基字母的启发开始使用文字，但在迈锡尼文明消亡后的"黑暗时代"，又回到了无文字的状态。因此，文人们一直争论不休的，是《伊利亚特》和《奥德赛》成书于迈锡尼时代，还是印欧人在爱琴海群岛崛起扩张的"黑暗时代"。

拜占庭式②的扑朔迷离！荷马这个名字首先代表了奇迹：在这一时刻，人类发现了在记忆中反思自身生存状况的可能性。

在成为一个传记人物之前（这多么无趣！），荷马是一种声音，他让人们有机会了解他们如何成为自己。我们读

---

① 约翰内斯·勃拉姆斯（Johannes Brahms, 1833—1897），德国浪漫主义作曲家。

② 原文单词为 *byzantine*，形容过于复杂且难以了解和改变的事物，这一含义主要源于拜占庭复杂而不透明的政治体系。

巴尔扎克的《人间喜剧》需要知道他经常喝咖啡吗[1]？我们对吉尔贝特[2]心醉神迷需要知道贡布雷[3]的具体地理位置吗？奥林匹斯山上的众神啊！专家们投入大量精力来研究事物的真实性，以致于最终忽略了事物的本质！

---

[1] 据传，巴尔扎克为了赶稿经常大灌咖啡，"没有咖啡就没有《人间喜剧》"。

[2] 吉尔贝特，普鲁斯特《追忆似水年华》中的人物，是斯万的女儿，也是叙述者的暗恋对象。

[3] 贡布雷（Combray），法国小镇，普鲁斯特作品中的叙述者在这里有很多童年回忆。

真知、催眠和癔病

　　为什么不像哼唱今夏流行金曲一样哼唱荷马的诗句呢？我们的祖辈将《伊利亚特》和《奥德赛》的一些段落熟记于心，我们却一句都背不出来。学校是否忽视了荷马这个文化宝藏呢？

　　这些神圣的歌声，这些金子般的诗句，这一燃烧的语言，若是成了绝唱，那是多么不幸。真是"多亏了"国家教育部那些教育家的"努力"，关于希腊和拉丁语言文学的研究江河日下。在过去的五十年中，一群负责学校改革的理论家让古典文学研究大受打击。在他们看来，学习死语言是一种脱离大众的精英教育。

　　孩子们对奥德修斯的历险故事、对安德洛玛刻①的柔

────────────

① 安德洛玛刻（Andromaque），《伊利亚特》及其他古希腊悲剧中的形象，（转下页）

15

情、对赫克托耳的英雄主义抱有最简单直白的热情。我恳请教育部的官员们不要对此不屑一顾。

考古学家海因里希·施里曼在日记中写道："自打我学会说话起，我父亲就给我讲荷马史诗中英雄们的伟大功绩；我喜欢这些故事。它们让我兴奋，让我着迷。孩子对世界留下的第一印象将伴随他终生。"

两千年来，欧洲所有文人和哲学家都对欧洲人的精神食粮《伊利亚特》和《奥德赛》有过诸多评说。柏拉图知道：是荷马"教育了希腊人"。

每一行诗都被分析了数千次，直到研究者都犯了"癔症"。一些专家为研究一个段落奉献了毕生的心力，围绕一个形容词写了许多部著作〔例如，荷马用"高贵"（divin）一词来形容奥德修斯的牧猪人〕。这座巍峨的文学殿堂让人望而却步！但我们每个人，尽管从维吉尔①到马塞尔·孔什②，从拉辛（Racine）到雪莱（Shelley）和尼采，关于荷马的注释点评已

（接上页）赫克托耳之妻，底比斯国王厄提昂之女，温柔善良，勇敢聪敏，深爱自己的丈夫。特洛伊城破后，她与赫克托耳的儿子阿斯提阿那克斯被从城墙上扔下摔死，她本人亦被阿喀琉斯之子皮罗斯虏为奴隶。

① 维吉尔（Virgile，约前70—前19），古罗马著名诗人，著有长篇史诗《埃涅阿斯纪》。

② 马塞尔·孔什（Marcel Conche，1922—　），法国哲学家。

经堆得像山一样高，还是能找到青春活力去领略"枝繁叶茂"的诗篇，从中找到一个参照，汲取一个教训，获得一个启示。

在人类历史上，除了宗教神启的圣书之外，很少有作品能激发卷轶浩繁的著述。这些评论练习如同一场绝妙的游戏。诗人菲利普·雅各泰温和地讽刺了那些浩如烟海的研究。提到自己的翻译，他警告道："对我们来说，一开始还像掌心的水一样清凉。之后，只要愿意，就开始随心所欲地发表滔滔不绝的评论。"我们也可以像亨利·米勒[①]那样做一个懒学生，在《玛洛西的大石像》（*The Colossus of Maroussi*）中，他一来到希腊就承认自己为了不受影响，没有事先阅读荷马史诗。

相比之下，我们更乐意沉浸在诗歌的沐浴中，有时甚至将这些诗句引作圣歌。每个人都会在这个水池中找到自己时代的倒影、自己苦难的回应、自己经历的阐释。有些人能从中吸取教训，另一些人则从中寻求安慰。尽管有个名叫布尔迪厄[②]的小资产阶级知识分子反对学究的做派，但每个人还是可以通过这些诗歌的旋律振奋精神，完全不需要在大学的门廊下接受过高等教育。

---

① 亨利·米勒（Henry Miller, 1891—1980），美国"垮掉派"代表作家，代表作有《北回归线》《黑色的春天》《南回归线》。
② 皮埃尔·布尔迪厄（Pierre Bourdieu, 1930—2002），法国哲学家、社会学家。

荷马作品中的地理

为了写这本书，我孑然一身，来到基克拉泽斯群岛①。在那儿的一个月，我住在爱琴海蒂诺斯岛（Tinos）上威尼斯式的小阁楼里，面朝米克诺斯岛（Mykonos）。一只猫头鹰盘踞在离阁楼很近的悬崖上，它的叫声敲打着黑夜。放养着山羊的梯田一直延伸至海湾。屋内灯泡由发动机供电，在微弱的灯光下，我读着《伊利亚特》和《奥德赛》。无休无止的海风让我有些不安。在低处，肆虐的狂风拍打着海面。暴风雨如拳头一样不断扯破绸缎般起伏的波浪。手中的书被风卷走，纸张飘飞四散。阿福花垂下了头，蜈蚣在墙上爬窜。风为何如此猛烈？

在石头上待着，才会懂得盲人艺术家的灵感来源。这位老人，仿佛一个新生儿，从光、泡沫和风中汲取营养。一方水土养一方人。我相信地理因素在我们内心深处的作用。这种作用，润物细无声。"我们是我们置身其中的风景的孩子。"劳伦斯·杜雷尔②如是说。

---

① 基克拉泽斯（Cyclades），希腊爱琴海南部的一个群岛。
② 劳伦斯·杜雷尔（Lawrence Durrell，1912—1990），英国小说家、诗人、剧作家。

在"哨所"居住的这段日子，我走近了《伊利亚特》和《奥德赛》故事发生的实景。亨利·米勒认为希腊之旅充满精神发现。要全身心融入荷马曾经雕琢他诗作的地方。

天上的光，林间的风，雾中的岛屿，海面的光影，狂风暴雨：我感受到了古代徽章的回响。每个地方都有它的徽章。在希腊，它经受着风吹日晒，斑驳不堪。奥德修斯在痛苦之船上也曾收到过这些同样的信号。普里阿摩斯①和阿伽门农②的士兵们在特洛伊平原上见过它们。感受作品中的地理环境，即跨越读者的血肉之躯和抽象化文本之间的距离。

---

① 普里阿摩斯（Priam），劳墨冬之子，特洛伊国王，赫克托耳、帕里斯和许多儿女的父亲。
② 阿伽门农（Agamemnon），古希腊神话中的迈锡尼国王，阿特柔斯之子，特洛伊战争中阿开亚联军的统帅。

从现实中抽离？

我们可以把《奥德赛》和《伊利亚特》看作没有地域背景的诗。不必把它们设定在某一地域，因为它们可以存在于世界上的任何一个地方——它们超越时空的永恒性可以触动所有人的心灵。毕竟，神话并非基于现实。福音在因纽特人那里不是和它在巴勒斯坦人那里一样盛行吗？喜爱莎士比亚《仲夏夜之梦》（*A Midsummer Night's Dream*）中的小精灵帕克（Puck），就必须知道他居住的森林在哪里吗？灵感不需要地图，荷马也完全不需要米其林指南。然而，一些研究者仍然固执地回溯奥德修斯的航线。自海因里希·施里曼找到特洛伊遗址后，前赴后继的考古学家们终其一生来寻找普里阿摩斯的城市。荷马作品中的地理已经成了一门学科，一些学者甚至进一步推进调查。

还有一些学者想证明阿开亚人①来自波罗的海，讲印欧语言。阿兰·邦巴尔②声称奥德修斯曾经穿越直布罗陀海峡到加那利群岛和冰岛游历。20 世纪 20 年代，研究古希腊的学者维克多·贝拉尔重走了奥德修斯的旅程，确认了《奥德赛》中一些地点的位置，比如，喀耳刻③的王国在意大利，卡吕普索④居住的小岛在直布罗陀海峡南部，风神岛和太阳神岛位于西西里岛附近，落拓枣族人⑤的领土在突尼斯。20 世纪 80 年代，探险家蒂姆·塞弗林（Tim Severin）重建了一艘荷马年代式样的船，使用当时的航海技术在诗中写到的群岛间航行。这些研究荷马的"福尔摩斯"不愿停驻于诗中的美景，而是玩起了藏宝图的游戏。

　　然而，诗人并不是由抽象孕育的躯壳。如同在现实中

① 阿开亚人（Achéens），古希腊大陆上四个主要的部族之一，也是荷马史诗《伊利亚特》中对希腊军队的总称。

② 阿兰·邦巴尔（Alain Bombard, 1924—2005），法国生物学家、医生和政治家，以驾小船横渡大西洋的壮举而闻名。

③ 喀耳刻（Circé），古希腊神话中隐居在埃埃亚岛上的女巫，是太阳神赫利俄斯和海洋女神之一的珀尔塞伊斯的女儿。

④ 卡吕普索（Calypso），古希腊词义为"我将隐藏"。她是希腊神话中的海之女神，是扛起天穹的巨人阿特拉斯的女儿。她将奥德修斯困在她的岛上七年。

⑤ 落拓枣族人（Lotophages），《奥德赛》中出现的奇异民族，他们吃了落拓枣，变得懒散、安逸、健忘、不思不虑、没有烦恼，但也没有任何作为。

生活的人一样，他们呼吸着当地的空气，吃着当地生产的食物，看着当地独特的风景。自然孕育了目光，目光滋养了灵感，灵感诞生了作品。如果荷马是摩尔多瓦-瓦拉几亚①人，《伊利亚特》和《奥德赛》就会是另一种腔调。

蒂诺斯岛的狂风使我惊愕，光线使我眩晕，我明白了荷马的诗作是在人杰地灵与旷世之才的交汇中诞生的，他的诗吸收了这里的空气和海水。荷马的作品之所以有如此丰富的画面和类比，正是因为他踏遍了这片地域，深爱着这片广袤，在这里捕捉意象——换作在别处，收获的意象就截然不同了。

宛如农人种下的一棵枝干坚实的橄榄树苗，

在一处荒僻的地表，浇灌足够的淡水，

使之苗壮成长；劲风吹自各个方向，

摇曳着它的枝头，催发出银灰色的苞芽。然而，

天空突起一阵狂飙，强劲的风势把它

连根端出土坑，平躺在泥地上；就像这样，

阿特柔斯之子墨奈劳斯杀了潘苏斯之子、手握粗长的

---

① 摩尔多瓦、瓦拉几亚分别位于罗马尼亚东部和南部。

梣木杆枪矛的欧福耳波斯，开始抢剥他的铠甲。

像一头山地哺育的狮子，坚信自己的勇力，

从草食的牛群里抢出一头最肥的犊仔，

先用尖利的牙齿咬断喉管，然后

大口吞咽热血，野蛮地生食牛肚里的内脏；

在它的周围，狗和牧人噪声四起，

但只是呆离在远处，不敢近前拼杀，

彻骨的惧怕揪揉着他们的心房——

就像这样，特洛伊人中谁也没有这个胆量，

上前与光荣的墨奈劳斯拼杀。

（《伊利亚特》，第十七卷，53—69行）

逐光而居

　　《奥德赛》和《伊利亚特》这两部史诗熠熠生辉。希腊人总是对光怀有崇拜之情。不幸的是，阿喀琉斯却成了一个阴影，背离太阳招致了最悲惨的命运。我们应当对天神心怀敬畏。阳光普照生活，让世界欢欣鼓舞。它让诗歌沐浴在无形的金光下。每一个踏上希腊海岸的人都在追寻这如雨水般倾泻的阳光。"来希腊的初衷，就是为了阳光。"莫里斯·巴雷斯①这样写道。

　　从荷马起，爱琴海岸的旅行作家们就常常携着作品片段而来，为了向太阳致敬。米歇尔·戴翁②因找到了斯佩察岛（Spetsai）这一"日光圣地"而喜不自禁。亨利·米

---

① 莫里斯·巴雷斯（Maurice Barrès，1862—1923），法国小说家、散文家。
② 米歇尔·戴翁（Michel Déon, 1919—2016），法国作家，其《一辆淡紫色的的士》（*Un taxi mauve*）荣获 1973 年法兰西学院小说奖。

勒相信自己看到了在日光下"从永恒的世界里绵延不绝的荒原"①。而霍夫曼斯塔尔②用优美的日耳曼语把这里的光线理想化了,他看到的是"精神与世界无休无止的交融"③。在和亚历山大·格兰扎奇④的访谈中,雅克琳娜·德·罗米伊认为这一语言之美蕴含在希腊美景的无限明媚之中。但是希腊人自己却用不同的眼光来看待这个国度。扬尼斯·里索斯⑤在《希腊魂》(Grécité)中写道:"这个国家似沉默一般坚硬,咬闭牙关。没有水。只有无尽的光。"对希腊光明的崇拜始于《奥德赛》里的情节:与奥德修斯同行的船员们因宰杀太阳神的牲畜而悉数丢了性命。三十个世纪以来,"hélios"(太阳)一词的含义经久不变。这颗星辰在空中照耀已有亿万年之久了。在荷马看来,太阳就是"天上的神",它绝不会饶恕那些粗暴宰食自己心爱

---

① 《玛洛西的大石像》,1941 年。——作者注

② 胡戈·冯·霍夫曼斯塔尔(Hugo von Hofmannsthal, 1874—1929),奥地利诗人、剧作家和散文家。

③ 《风景如画的希腊:建筑、景色和居民》(La Grèce pittoresque: monuments, paysages, habitants),1923 年。——作者注

④ 亚历山大·格兰扎奇(Alexandre Grandazzi, 1957—),法国大学教授、考古学和罗马历史专家。

⑤ 扬尼斯·里索斯(Yannis Ritsos, 1909—1990),希腊著名诗人,现代希腊诗歌创始人之一。

的牛群的人（换言之，贪婪的人类滥用地球资源，一味地开发财富而全然不考虑物种的稀缺）。

对于那些固执地反对日光的家伙，里索斯用一句话就把他们撵走了："如果日光让你感到不舒服，那是你的错。"相信荷马也不会反对这句话。

日光也是有形体，有丝滑触感和独特气味的。天热的时候，我们能听到它在嗡嗡作响。它在郁郁葱葱的树木间盘旋，描摹出每一块岩石的面貌，勾勒出其间的高低起伏，在海面上投下斑驳光影。似乎应当认真研究一下这里的大气、水文和地质现象，正是它们赋予了希腊阳光这样的内在，这般令人痛苦的明亮。为何这儿的大海，比别处的更像是一场光影交错的梦呢？为何这些岛屿好似与日光共生呢？是否应该承认，这里的人们因为反复讴歌日光具有无可比拟的力量，而最终让光线变得更强？抑或是干脆承认，诸神的确存在，因而从赫西俄德①到卡瓦菲斯②，历代人所讲述的关于他们的故事都不是虚幻的神话？《伊利亚特》里出现的兵器总是闪闪发光。阿喀琉斯的盾牌上闪耀着"不

_____

① 赫西俄德（Hésiode，约前 8 世纪），古希腊诗人，著有长诗《工作与时日》《神谱》。

② 卡瓦菲斯（Cavafis，1863—1933），希腊现代诗人，也是现代最伟大的诗人之一。

知疲倦的阳光"。盔甲也反射着阳光。当有士兵战死或者负伤时，"黑夜就会遮盖住他的眼睑"。希腊人正是从这骤雨般的阳光中吸取了教训。在金色的光芒下生活久了以后，他们明白了，人生在世就好比从早到晚被叫作白昼的这段一切都昭然可见的间隙，而一个个白昼加在一起就构成了人的一生。

胡戈·冯·霍夫曼斯塔尔曾在他的小书中写道："在这阳光普照下便可以真正活得无欲无求、无牵无挂。"在探索各个岛屿的时候，奥德修斯开始发现它们最初的模样。他是第一个前来探访的人。作为一名英勇的船长，他虽从未揭下面纱，却总是投出第一道目光。阳光总能让目光尚未触及的事物显露出来。奥德修斯没有任何参照能用来分析自己的见闻——独眼巨人、把他的朋伴变成猪的女妖、凶狠的巨人和咆哮的怪物。光明之下，一切皆新。

风暴余生

　　光的另一面，便是雾。突然起雾了，遮住了一座座岛屿，让人以为这是神丢下的一道帘幕。难道不正是浓雾的飘忽不定，才让荷马多次借用神卷起了团团云雾，围住英雄好让他脱离战斗的险境？在《伊利亚特》的第二十卷里，为了保护赫克托耳，阿波罗便用浓雾来包裹住他，"对神而言，不过小事一桩"：

　　　　一连三次，捷足和卓越的阿喀琉斯向他冲杀，
　　　　手握铜枪，但一连三次，只是对着厚雾击打。

　　　　　　　　　　　（《伊利亚特》，第二十卷，445—446行）

　　荷马史诗中的海向来处在狂风骤雨之中，风便是"海船之殇"。

我们中谁可逃避突至的死亡，

倘若海上骤起狂风，南风

或西风死命地劲吹，最喜

裂毁海船，不顾我们的主宰、神明的意愿？

（《奥德赛》，第十二卷，287—290行）

大海的愤怒向来没有缘由，连暴风雨的来临也毫无征兆，所有的海怪都表现得急不可耐。在古人心中，暴风雨体现了被冒犯的神的怒火。奥德修斯回忆道：

通过海岛，我当即望见一团

青烟，还有一峰巨浪，响声轰然。

伙伴们心惊胆战，脱手松开船桨，

全部溅落在大海的浪卷。

（《奥德赛》，第十二卷，201—203行）

在基克拉泽斯群岛中的一个小岛上，人们从阳台上凝望天空。在无尽的变化和表面的平静中，天空无比辽远，那里是动荡的开端。人们目睹了疾风的狂乱，不停地扇打水面。人们知道，在奥德修斯的水手们看来，大海就是滋生一切危险的温床。就算这些相距很近的小岛之间的航程多么有限，却也是充满了未知。

一旦起航，"灾难"就在所难免，就像奥德修斯说的那样，"置身于未知中的冒险，犹如只身跳进虚无"。人们心惊胆战地搜寻着一个个岛屿。航行便成为跳蚤之跃，只为一次又一次寻到避难之所。

《奥德赛》讲述了一场无休无止的海难。有多少次，奥德修斯抱着一片残骸悲叹：

> 其时，我松开双臂腿脚，从高处
>
> 跳下，溅落水面，偏离长长的树材，
>
> 但我跨爬上去，挥动双手，划水向前。
>
> （《奥德赛》，第十二卷，442—444行）

返回伊萨卡的念头萦绕不去，奥德修斯看到自己不停地被扔进海里，任由海浪把他推向险恶的海岸，随后，众神救了他，他凭借自身的力量恢复，偏离了原来的路线，又回想起心头挥之不去的顽念：回家。

荷马抨击他：唯怀着坚定的信念，才能怀有回家的希望。只有不屈不挠才能战胜狂风骤雨，唯有坚韧不拔才能实现理想。荷马的追随者因这一条启示深受触动：高瞻远瞩、忠贞不渝乃最高美德。这两者足以战胜所有的意外。不负初心，才是人生唯一的荣耀。

众神竞相改变他的初心。风神将掀起狂风，丑陋的妖怪卡律布狄斯①和斯库拉②将吃掉船上的水手。不！对人来说，大海并非友善之地，荷马将大海称为"浓烈""贫瘠""荒芜"之海。它用冷酷无情的一面和能收获小麦的大地形成反差。"酒红色"即海之肤色！当我们在广袤无垠的爱琴海上，看到染上青紫色的海面映照出波纹，我们就明白为什么会使用这个形容词了。

把自己困在蒂诺斯岛小阁楼上的想法因此不无道理。为更了解荷马而深深呼吸这里的空气并非无用功。

大海并不是朋友，在海水中溺死是人类的梦魇。在遗忘的飞沫中，波浪会拭去一切。谁会记得溺亡者？没有人。谁会记得回到岸边的英雄？全人类！

对于见识过台风的水手，一个问题便出现了：《奥德

---

① 卡律布狄斯（Charybde），"吞咽"之意，海王波塞冬和大地女神该亚之女，与另一女妖斯库拉分别住在意大利墨西拿海峡两边。

② 斯库拉（Scylla），"撕碎、扯破"之意，希腊神话中吞吃水手的女海妖，有六个头十二只脚，还有猫的尾巴。

赛》中的妖魔鬼怪是暴风雨的化身吗？当我们听到大风在缆绳之间呼啸，难道不会想象那是某个苏醒的野兽？它们的咆哮足以使人犹如蜉蝣一般渺小。大海肆虐，满脸怒气。这正是诗人所描绘的。

热爱岛屿

谈过光和雾，接下来要谈谈岛屿。

每一座岛都自成一个世界。它们漂浮、滑动、消失、四散在海上，像是一个个宇宙。有时它们是破碎的，像斑驳的光影被风吹散。是什么如连字符般将它们连接？是航行，航迹将珍珠般散落的岛屿串起。水手就在这破碎的岛屿间穿行。天朗气清时，岛屿好似野兽，又仿佛连绵的群山在海水漫过其山谷后露出的座座山峰。岛上树丛稀疏，自从希腊人将山羊带到岛上后，草木便再无须修剪。每个岛屿都捍卫一个庄严而壮丽的世界的主权。它们环绕着一个漂浮着动物、神灵、规则和奥秘的宇宙。在某些清晨，岛屿会先隐于雾中，待晴朗后复现，像是在眨眼睛。倘若要忍受孤独，只需在基克拉泽斯群岛一隅小住，吹吹风，感受光影变幻。岛屿将自己包裹起来，遗世独立。邻岛之于它就像 19 世纪的巴布亚人①之于欧洲人那样陌生至极。远远望去，岛屿清晰可见却又触不可及，隔开它们的是充斥着危险的条条航道。每座岛都有自己隐秘的伤痛。

古老的想象力是否也曾从这相互隔绝的共存中汲取过灵感？

岛屿之间没有往来。这就是荷马的教诲：多样性在于个体保有自身的独特性。倘若你希望多样性得以延续，那就要保持距离！

在阿开亚人眼里，岛屿是冷酷且危险的国度，是悬于海天之间的石头城堡。人们在岛屿上迎接挑战，获得的奖赏是在道道难关中吸取的教训。

有一天到了基克洛普斯人②所在的岛，岛上的低等生物不耕种土地，仅靠采食野果为生，因而未能孕育文明。

在突然冒出来的女巫岛③上，登岛之人将忘记自己心之所向、身之所往。

---

① 巴布亚人（Papouas），太平洋西部新几内亚岛及其附近岛屿上的土著民族。
② 基克洛普斯人（Cyclopes），荷马史诗中一群独眼巨人的统称，他们栖身于西西里岛的岩洞之中，生性残暴，常常残害外乡人。
③ 奥德修斯一行人经过女巫喀耳刻所在的埃埃亚岛时，船员们被女巫设计，吃下食物后变成了猪。

之后出现的是落拓枣族人的岛屿，在那里，人人都在逸乐中沉沦。

最后是伊萨卡岛，一座没有陷阱的岛。故乡即中心，伊萨卡岛闪耀着光芒——对奥德修斯而言，故乡之岛就是世界中心。奥德修斯开创了真正的冒险时代：因为有了故乡的港湾便无所畏惧。每个王国的经历都使其愈加强大。唯愚者方败于木马计①之下！

在荷马的作品中，地理的真谛在于对故土、家园、王国三者的建构：故乡的岛屿，统治的宫殿，爱人的卧房，开辟的领地。一个人倘若不知自己来自何方，便很难为自己感到骄傲。

---

① 在特洛伊战争中，奥德修斯献木马计战胜特洛伊人。

入世

　　荷马史诗中的地理描绘了地球的面貌。太阳在壮丽辉煌但危机四伏的岛屿上升起。生灵万物形态各异。生命不断繁衍生息。用以记录这场诞生的诗句永不枯竭。其中出现的动植物如矿脉中的宝石，被镶嵌在世界的秩序之中。每件有生命力的宝石都凭借其独一无二的存在而变得神圣，引人注目。对于它们而言，美即准则。人本该满足于这个世界，而非幻想触不可及的天堂和永生。在荷马那个年代，一神教的启示尚未让人类寄希望于一些虚无缥缈的许诺。对于古代艺术而言，认识到人类与真实世界之间存在联结的可能性，是一项奢求但又是一次巨大胜利。为何要期盼彼世，而不是在阳光普照的真实世界怀着满腔热情走完人间之路呢？

亚历山大的革利免①在公元 2 世纪的时候曾说过："为存在的事物感到惊讶吧。"认真细致的异教徒荷马没等这一指令发出就向绚丽多姿的世界本质致敬了。

他借用阿喀琉斯之盾的片段向我们展现了他对现实的最美爱情宣言。在《伊利亚特》的第十八卷中，忒提斯②拜访赫菲斯托斯③，请求这位铁匠之神为其子阿喀琉斯打造武器。神匠倾力打了一个战盾，并将人世百态都雕饰其上。

文学的描摹在此处最为绝妙：诗人将整个世界都浓缩在一块用于防御的金属圆盘上。在战盾上就如在人世间，万物共存：冷与热，生与死，战争与和平，乡村与城市。可以接受一切也可以放弃一切。只要做自己，任何独特的事物都能与它的对立面共存而不被抹去个性。因此，世界

---

① 亚历山大的革利免（Clément d'Alexandrie，150—约215），基督教神学家，基督教早期教父，亚历山大学派的代表人物。

② 忒提斯（Thetis），海中仙女，宙斯和波塞冬都追求过她，但忒提斯预言自己生下的孩子会比孩子父亲更强大，宙斯得知此事后，便把她下嫁给凡人珀琉斯，生下了英雄阿喀琉斯。

③ 赫菲斯托斯（Héphaïstos），古希腊神话中的火神、铁匠之神，奥林匹斯十二主神之一，是宙斯和赫拉的儿子。在《荷马史诗》中，他因瘸腿而被母亲抛弃到海边，海中仙女忒提斯抚养了他，因此后来他为忒提斯的儿子阿喀琉斯锻造了一个盾牌，助其击败了特洛伊第一勇士赫克托耳。

是平衡的，它将自己置于一套既定的等级秩序之下，这一秩序就如天体力学般和谐：

> 著名的强臂神工还铸出一片宽阔的草场，
> 躺卧在水草肥美的谷地，牧养着白亮的羊群，
> 伴随着牧羊人的房院，带顶的棚屋和栅围。
> 著名的强臂神工还在盾面上精心铸出一个
> 舞场，就像在广袤的克诺索斯，代达洛斯
> 为发辫秀美的阿里娅德奈建造的舞场那样。
> 场地上，年轻的小伙和美貌的姑娘们——她们的聘礼
> 是众多的牛畜——牵着手腕，抬腿欢跳。
> 姑娘们身穿亚麻布的长裙，小伙们穿着
> 精工织纺的短套，涂闪着橄榄油的光泽。
> 姑娘们头戴漂亮的花环，小伙们佩挂
> 黄金的匕首，垂悬在银带的尾端。
> 他们时而摆开轻盈的腿部，灵巧地转起圈子，
> 像一位弯腰劳作的陶工，试转起陶轮，
> 触之以前伸的手掌，估探它的运作，
> 时而又跳排出行次，奔跑着相互穿插。
> ……

他还铸出俄开阿诺斯河磅礴的水流，

奔腾在坚不可摧的战盾的边沿。

（《伊利亚特》，第十八卷，587—608行）

这就是荷马史诗的地理。

它为不可超越的现实而歌唱，它展现了世界至高无上的力量。它是我们跳生命轮舞的温柔舞台。

我们沐浴阳光，在海上遇难，靠地上的果实为生，荷马深谙这一切：我们是土地的信奉者。永远不能忘记这一点。我们要感谢生命让我们领略现实的魅力。

著名的神匠用年轻人的轮舞为他的作品画上了句号。带着世俗色彩的生活之诗将我们引向最简单的快乐。啊，森林之神，海洋之神，荒漠之神，别让我们为了一己之私去迷信！我们死后不会有圣母在等候！

如果只是为了在一个没有希望，也就是说没有许诺的世界上纵情跳舞、沐浴阳光，那人生在世，在风中、在阳光下、在这个得天独厚的地理环境中生活又有何意义？

《伊利亚特》，命运之诗

起源之晦暗

尽管几位诗人曾经预言过，但特洛伊战争还是不可避免地发生了。

《伊利亚特》开篇就引人入胜，荷马没有做开场白。故事没有从特洛伊的城墙说起，读者直接来到战争的第十个年头。打开荷马史诗，就意味着直面风暴和战争的洗礼。我们看见希腊人正在集会上争执，却不知原委。荷马就像文学界的一个阿开亚士兵：刀刀见血。阿喀琉斯和他的怒火，以及由怒火引发的灾祸便是《伊利亚特》的主题。

开篇诗句中对女神的祈求就已经明明白白告诉我们了。

歌唱吧，女神！歌唱珀琉斯之子阿喀琉斯的愤怒，
他的暴怒招致了这场凶险的灾祸，给阿开亚人带来了
受之不尽的苦难，将许多豪杰强健的魂魄

打入了哈迪斯，而把他们的躯体，作为美食，扔给了
狗和兀鸟。

（《伊利亚特》，第一卷，1—5行）

要想知道战争的起因，我们还需读完几个章节，或参
考别的文献，翻阅其他传说故事。毫无疑问，公元前 8 世
纪的希腊人在听到行吟诗人吟唱这首史诗时，就会知道四
个世纪之前特洛伊人和阿开亚人之间争端的前因后果。

但是我们这些读者又知道什么呢？二十个世纪过去了，
我们并不了解普里阿摩斯的民众与阿伽门农的子民之间为
什么对立！之后，在荷马史诗的诗句中，阿喀琉斯透露道：

阿耳吉维人为何对特洛伊人

开战？阿特柔斯之子又为何招兵募马，把我们

带到这里？还不是为了夺回长发秀美的海伦？

（《伊利亚特》，第九卷，337—339行）

简短地做出这个解释之后，他就回到帐篷里，任由他
的同伴们在特洛伊人的刀剑下丧生。关于冲突的缘由，这
就是荷马想让我们知道的一切。

然而，战争的开端需要追溯到海伦出现之前。神应该为此负责。女神忒提斯遵从宙斯的旨意，在珀利翁山（Pélion）上与凡人珀琉斯结为夫妇。

不和女神厄里斯（Éris）受邀参加婚礼。她让年轻的牧羊人帕里斯①选出最美的女神。在胜利女神雅典娜、权力的化身赫拉②以及性欲女神阿芙洛狄忒③之中，他像绝大多数男人会做的那样，选择了阿芙洛狄忒。作为奖赏，他得到了最为明媚动人的凡间女子海伦。但是海伦已和斯巴达国王、阿伽门农之弟墨涅拉俄斯④订婚。战争从此打响。

对于古希腊人来说，肉体之美就是波德莱尔口中的"崇高礼物"，也是力量的展示和智慧的表现。然而美丽也

---

① 帕里斯（Pâris），古希腊神话人物，普里阿摩斯和赫卡柏的儿子。祭司认定他会给特洛伊带来毁灭式的命运，于是帕里斯被放逐到伊达山放牧多年，后卷入了奥林匹斯山上的女神之争，拉开了特洛伊战争的序幕。

② 赫拉（Héra），古希腊神话中婚姻与生育女神和第三代天后，奥林匹斯十二主神之一，宙斯的姐姐和第七位妻子，与宙斯分享权力、实施共治。

③ 阿芙洛狄忒（Aphrodite），古希腊神话中爱情与美丽的女神，也是性欲女神，奥林匹斯十二主神之一。由于诞生于海洋，所以有时还被奉为航海的庇护神。

④ 墨涅拉俄斯（Ménélas），古希腊神话中斯巴达的国王。他是阿伽门农之弟，海伦之夫。海伦被帕里斯拐走后，墨涅拉俄斯与阿伽门农召集希腊境内几乎所有的国王对特洛伊开战。经历十年苦战，特洛伊沦陷，海伦被墨涅拉俄斯夺回。

可能致命，宙斯与勒达①之女海伦的美丽就有毒。阿开亚人无法忍受一个特洛伊人抢走了他们国王的妻子。因此，海伦成了特洛伊战争的导火索。

这些参照出自荷马史诗之后的希腊语和拉丁语原始资料。让-皮埃尔·韦尔南②对此研究得最为深入，让我们知晓了个中原委。

---

① 勒达（Léda），廷达瑞俄斯的妻子，斯巴达王后。宙斯醉心于她的容貌，趁她在河中洗澡时，化作天鹅与她亲近。她因此怀孕，生下美人海伦。

② 让-皮埃尔·韦尔南（Jean-Pierre Vernant），法国当代历史学家和人类学家，古希腊研究者，是当今知识革命时代为数不多的百科全书派人士和哲学家。

序曲和开局

如同奏鸣曲的"呈示部",《伊利亚特》的头几首诗是用来开篇的。九年前,战争的阴云笼罩大地,阿开亚人(荷马这样称呼希腊人)的军队就到了特洛伊海岸,对面就是国王普里阿摩斯的城邦。这支由阿伽门农统帅的军队兵困马乏,士气锐减,只愿战事尽早结束。

旷日持久的战事麻痹了战勇们的神经。阿伽门农犯了一个错:他抢走了之前被作为战利品之一赠予阿喀琉斯的年轻女俘布里塞伊丝①。他怎么会做出这样的举动,这可是身经百战的统帅啊!美女配英雄,更何况这位英雄还是身先士卒的将领。"捷足"的阿喀琉斯,"深受宙斯喜爱的"阿喀琉斯,是战无不胜的勇士。他羞愤万分地回到自

---

① 布里塞伊丝(Briséis),布里修斯之女,阿喀琉斯的女伴。

己的营帐，日日沉浸在怨恨之中，不再和同伴们并肩作战。这是阿喀琉斯第一次摆出一张愤怒的面孔——为荣誉而赌气。

不久，他的好友帕特洛克罗斯①在战斗中被杀，为了报仇，阿喀琉斯重新拿起武器，他怒火中烧，气势汹汹。不过，请耐心些，我们还没看到混战的一幕。

荷马对对峙双方的兵力做了描述。来自各民族的士兵组成了阿开亚联军，这些民族名目繁多，记叙起来连篇累牍。寂寂无名的王族或领主，统治和管理着我们不曾想到的岛屿和目力所不及的海洋。谁记得这些人呢？他们真的存在过吗？诗中稀奇古怪的名字列了一长串。

雷托斯和裴奈留斯乃波伊俄提亚人的首领，

和阿尔开西劳斯、普罗梭诺耳以及克洛尼俄斯一起

统领部队。兵勇们有的家住呼里亚和山石嶙峋的奥利斯，

———————————

① 帕特洛克罗斯（Patrocle），古希腊神话人物，国王墨诺提俄斯之子，大英雄阿喀琉斯的挚友。当阿喀琉斯因为和阿伽门农不合而拒绝作战时，希腊联军损失惨重。善良的帕特洛克罗斯假扮阿喀琉斯参战，曾让希腊军士气大振，也在一定程度上威慑了特洛伊军队，后来赫克托耳在太阳神阿波罗的帮助下杀死了帕特洛克罗斯。

有的家住斯科伊诺斯、斯科洛斯和山峦起伏的厄忒俄诺斯,

以及塞斯裴亚、格拉亚和舞场宽阔的慕卡勒索斯;

有的家住哈耳马、埃勒西昂和厄鲁斯莱,

有的家居厄勒昂、呼莱、裴忒昂、

俄卡莱和墙垣坚固的城堡墨得昂,

以及科派、欧特瑞西斯和鸽群飞绕的希斯北;

还有的来自科罗奈亚和水草肥美的哈利阿尔托斯,

来自普拉塔亚和格力萨斯,

来自低地塞贝、坚固的城堡,

和神圣的昂凯斯托斯,波塞冬闪光的林地;

来自米得亚和盛产葡萄的阿耳奈,

神圣的尼萨和最边端的安塞冬。

（《伊利亚特》，第二卷，494—508行）

　　这样的罗列可以持续好几分钟。为什么荷马乐此不疲地记述这些呢？是为了颂扬一个像马赛克拼花一样驳杂的世界。古希腊并不关心天下大同和一统。没有一个希腊人认为自己就是全世界。这些民族和地理名称各式各样、层出不穷、千奇百怪，彼此心怀芥蒂，就像列维-斯特劳

51

斯①所主张的，最好是避免任何形式的整齐划一。

　　荷马描写的希腊人没有启蒙运动时期打造的"人文精神"。在荷马生活的时代，人人都有一张独特的脸，各自有为人处世的风度，各属自己的家族，各有效忠的君王。《伊利亚特》第五卷记录的"交战双方海船战力对比"勾勒出战争的野蛮、场面的浩大和战局的难以捉摸，这种场面只能用描述的语言呈现，而无法进行具体分析。彩色玻璃花窗本身没有意义，但我们知道，组成花窗的每一块彩色玻璃都有自己的名字。

---

① 列维-斯特劳斯（Lévi-Strauss，1908—2009），法国著名的社会人类学家，结构主义人类学创始人。

诸神掷骰子

帕里斯抢走海伦，并把她留在了特洛伊城。冲突一触即发。

为避免发生大规模的混乱，人类组织了一场当事人之间的决斗。对战双方的身份分别是情人和丈夫，即抢走美人海伦的帕里斯和失去妻子的墨涅拉俄斯。诸神却坐在高高的奥林匹斯山上，像掷骰子一样玩弄着人类。他们担心人类把冲突化解，因此决定重燃战火。

宙斯运用了复杂的策略。他必须要让因被帕里斯羞辱而渴望特洛伊失败的赫拉满意，还要顾及曾在远古时代救过他的忒提斯。忒提斯的儿子阿喀琉斯和阿伽门农发生了争执，希望特洛伊人获胜①。此外，雅典娜支持希腊人，

---

① 阿喀琉斯求母亲出面请宙斯帮助特洛伊人。仅凭阿伽门农而没有阿喀琉斯的话，希腊人就会频频受挫。

阿波罗则站在特洛伊一边。

简而言之，宙斯是在玩多米诺游戏。诸神擅长在世界舞台上"大博弈"①，但为博弈付出代价的却是人类。19世纪的俄国人称这种政治军事手段为"影子竞赛"②。

如今，宙斯玩过的复杂伎俩在中东也屡见不鲜。世界强国纷纷在此布棋，就像在火药桶的盖子上放烛台。为了奥林匹斯山的和睦，宙斯宁可人类陷入战争的泥潭。

在最初的几首诗歌中，荷马告诉我们这个真相：人类你争我斗，更易诸神统治。人类相争，诸神得利。

诸神打破了人类的誓约。宙斯派雅典娜去重燃战火。

快去，在特洛伊和阿开亚人中执行计划，

想方设法，使特洛伊人率先肇事冒犯，

破毁誓约，伤害声名远扬的阿开亚兵壮。

（《伊利亚特》，第四卷，70—72行）

————————————

① 大博弈（Le grand jeu），政治术语，源于19世纪英俄两国在亚洲腹地进行的地缘政治竞赛。

② 影子竞赛（Le tourbillon des ombres），动用除全面开战以外的一切手段，如间谍、刺探、代理人战争。

战争开始了。《伊利亚特》接下来的内容喧嚣且恐怖，如同德国浪漫主义者的狂飙突进运动①一般激烈狂热。这边人类鏖战正酣，那边诸神推波助澜。荷马仍有一幅画面要描绘：赫克托耳与安德洛玛刻的告别。挣脱妻子的怀抱时，这位战士听到了一个古老而熟悉的问题：为了荣耀，一定要牺牲安稳的生活吗？

> 可怜可怜我吧，求你留在护墙之内不出，
>
> 不要让你的孩子成为孤儿，你的妻子沦为寡妇。
>
> 可把你的人马带向无花果树，
>
> 那是城市最弱的防区，墙垣最易被攻破。
>
> （《伊利亚特》，第六卷，431—434行）

妻子的苦苦哀求没有使赫克托耳犹豫半分：

> 至于命运，无人可以挣脱躲避，

---

① 狂飙突进运动，德国启蒙运动的第一次高潮，18世纪60年代晚期到18世纪80年代由早期德国新兴资产阶级城市青年发动。

我想，无论是勇士，还是懦夫，在出生的一刻定下。

（《伊利亚特》，第六卷，488—489行）

战甲熠熠，荣耀将至，他毅然投身到这场注定要发生的战争中去。

护墙内外

战争来临，阿开亚人建起了一道防护城墙。诗中描绘了进攻者和被围攻者的辩证关系。在此之前，希腊人是进攻的一方，而特洛伊人则躲在护墙的荫庇下。前者从海上驾船而来，后者则生活在富饶的城邦；前者来攻城略地，后者则要保卫城池。荷马为今天的我们留下了这样的启示：当你拥有一切就是文明；当你不择手段获取一切就是野蛮。早上看报纸时总会想到荷马。

护墙建起，局势扭转，很快进攻者就会成为被围攻的一方。然后，读者会看到诸神如何肆无忌惮地玩弄人类的命运。宙斯对波塞冬说：

等着吧，等到长发的阿开亚人
驾坐海船，回返他们热爱的故乡，

你便可捣烂他们的护墙，扔进水浪，

铺出厚厚的泥沙，垫平宽阔的海滩，

如此这般，荡毁阿开亚人高耸的垣墙！

（《伊利亚特》，第七卷，459—463行）

这些诗句让人联想起被荒草掩埋的蛮石建筑①的神庙。我想到了吴哥（Angkor）和一些印加城邦。被波塞冬淹没的阿开亚人的堤岸也遭遇了同样的命运，尽管听起来遥不可及，但我们可以想象到：恢弘的建筑毁于一旦，任凭风吹雨淋、荆棘丛生、沙尘遍布，也可以说是被时间的洪流卷走了。

一切都逝去了，更何况渺小的人类。所有的进攻者都可能成为被困者。而生命的终极问题是要知道我们到底站在墙的哪一边！

荷马的吟唱还在继续。有时这一拨人占了上风，有时命运又转而垂青另一些人。命运就像一座大钟，钟舌振动，掀起一场生死攸关的动乱，席卷整个平原。

宙斯的抉择反复无常，一会儿偏爱这个，一会儿眷顾

---

① 蛮石建筑，古希腊迈锡尼时代的庞大建筑式样。

那个，全看他的心情和兴致。腥风血雨的动荡之中，熊熊营火预示着灾难，也提醒我们美丽的画面下常常掩盖着死亡的阴影：

就这样，他们心志高昂，整夜围坐在

进兵的空道，伴随着千百堆燃烧的营火。

宛如天空中的星宿，在皎皎明月的周边

熠熠闪烁，其时空气静滞、凝固，

所有高挺的山峰、突兀的崖壁和幽深的沟壑展现

清晰的容貌，透亮的大气，其量无限，从高空泻泼，

所有的星座均可看见，使牧羊人乐在心窝；

就像这样众多，特洛伊人点亮警示的营火，

在伊利昂城前，两边是珊索斯的水流和船舶。

（《伊利亚特》，第八卷，553—562行）

游说能成功？

荷马停止描绘战争。

阿伽门农派奥德修斯、福伊尼克斯（Phénix）和埃阿斯作为使者去见阿喀琉斯。荷马描写说客到的时候，阿喀琉斯正弹奏竖琴引吭高歌。使者们劝说蒙羞受辱的阿喀琉斯重新回到他们中间投身战斗。对于阿开亚人来说，没有他的加入，形势是严峻的。他们节节败退，而阿喀琉斯的回归可以扭转战局。

奥德修斯从政治考量去游说，并向阿喀琉斯保证，若他平息怒火，阿伽门农将赠予他成堆的珍宝。福伊尼克斯言辞恳切地哀求劝说，阿喀琉斯仍无动于衷：只有阿伽门农的忏悔才能让他回心转意。最后，埃阿斯用阿开亚兵士去游说阿喀琉斯：军队将士都拥戴阿喀琉斯。这个说辞打动了勇士，但他并不会因此重上战场，不过他同意不会离开守卫的海岸。而且，还不止这些！倘若赫克托耳一路杀来，直逼营帐，放火烧船，阿喀琉斯承诺会奋起反抗。

人们常常用阿喀琉斯的愤怒来形容过度的自恋，因为在我们这个时代，我们无法想象为荣誉而战会是无上荣耀的事情。

战争的号角再次响起，双方短兵相接，来回厮杀。泪水夹杂着鲜血，在战场上挥洒。眼眸变得暗淡，兵器落在武士们身躯上（这是荷马用来描绘死亡的表达），武士们倒下了。这是一场屠杀。

阿伽门农受伤了，奥德修斯受伤了，最后狄俄墨得斯①也一样。阿开亚人控诉战争。特洛伊人直逼阿开亚城墙脚下：他们筑起护墙，无视永生神明的意志。（《伊利亚特》，第十二卷，8行）荷马如此回忆道。《伊利亚特》的读者再一次地感受到，无视规则和逾越界限的代价。

战地上到处碧紫猩红，雉堞上、壁垒上，遍洒着
特洛伊人和阿开亚兵壮的鲜血。尽管如此，

---

① 狄俄墨得斯（Diomède），古希腊神话人物，特洛伊战争时希腊联军英雄，阿尔戈斯的君主，在攻打特洛伊的战争中受到雅典娜的帮助，多次击败特洛伊人并获得重大胜利。

特洛伊人仍然不能打垮对手，使他们逃还；

阿开亚人死死顶住，像一位细心的妇人，

拿起校称，提着秤杆，就着压码计量羊毛，求得

两边的均衡，用辛勤的劳动换回些许收入，供养孩子。

就像这样，双方兵来将挡，打得胜负难分，直到

宙斯决定把更大的光荣赐送赫克托耳——

普里阿摩斯之子是捣入阿开亚护墙的第一人。

（《伊利亚特》，第十二卷，430—438 行）

好好体会这些诗句吧：众神在玩弄我们，如果他们对命运存有偏见，他们将推举出另一位王者。荷马常常提出这个观点。人类不过是众神游戏的筹码。简言之，命是我们的，但我们是众神的。

荷马研究各种战略战术的转变。在第十四卷中，战术变得饶有趣味。这是荷马的过人之处：想象力从不枯竭，即便是描绘重复了无数遍的场景。这次，是阿开亚人再次改变战术发起反攻。

赫拉决定引诱宙斯，于是求助于阿芙洛狄忒。天上的女神和地上的女神交换条兜，赫拉故作媚态，迎合掉入桃花坞的宙斯：现时对你的冲动，甜蜜的欲念已经征服了我

的心灵。(《伊利亚特》，第十四卷，328行）欢爱的场景是世俗的，过于世俗，因此变得有些可笑。

宙斯忙于调戏赫拉，波塞冬被派去帮助阿开亚人，使他们在特洛伊人的进攻中赢得一个短暂的回旋余地。

宙斯因自己被愚弄而大发雷霆，于是加固防线，使双方势均力敌。特洛伊人和阿开亚人你杀我砍，难解难分，让人想起荣格尔①、巴比塞②或热纳瓦③笔下描绘的世界大战的荒唐攻势，为了征服几英亩泥土，兵士们历时数月，牺牲数千人。区别呢？他们笔下的兵士没有身披铜甲，也没有铜光锃亮的头盔。但有可能，心怀叵测的众神依旧在平原上空操控着人间的战争。

---

① 恩斯特·荣格尔 (Ernst Jünger, 1895—1998)，德国作家和思想家，曾参加两次世界大战，是狂热的军国主义者。其早期作品大多美化战争、支持民族主义，后又转而反对希特勒和军国主义。

② 亨利·巴比塞 (Henri Barbusse, 1873—1935)，法国著名作家，著有反战小说《火线》。

③ 莫里斯·热纳瓦 (Maurice Genevoix, 1890—1980)，法国作家、演员、编剧，1925年获龚古尔文学奖，1946年成为法兰西学院院士。

出格遭致的厄运

　　阿开亚人的恐慌达到了极致。墙垣随时都会倾颓。在《伊利亚特》中护墙象征着庇佑、主权以及社会的划分。一道墙，就像一道疆界，是稀世珍宝，缺口打开之时就是厄运来临之际。荷马死后的两千五百年，终有一日，在这个平坦无界的地球上，开拓者们可以不分民族和国家，坐在城墙平和的阴影下共同体味《伊利亚特》。

　　队伍浩浩荡荡，潮水般地涌来，由阿波罗率领，
　　握着那面了不得的埃吉斯，轻松地平扫着阿开亚人
　　的墙垣。像个玩沙海边的小男孩
　　聚沙成堆，以此雏儿勾当，聊以自娱，
　　然后手忙脚乱，破毁自垒的沙堆，仅此儿戏一场。

　　　　　　　　　（《伊利亚特》，第十五卷，360—364行）

希腊人的前线溃退。"冲锋上船！"赫克托耳喊道，于是特洛伊人登上了雅典人的船只。

荷马用了十五卷来讲述他们是如何走到这步田地的：

赫克托耳把住已经到手的船尾，

死死不放，对特洛伊人喊道：

拿火来！全军一致，喊出战斗的呼叫！

（《伊利亚特》，第十五卷，716—718行）

阿喀琉斯已经答应在特洛伊人上船时介入战事。

事已至此，是时候行动了。阿喀琉斯大概是从两千五百年后费尔南多·佩索阿①漂亮的诗句中得到了启发："行动，就是懂得休息。"

他本可以避免踏足死伤枕藉的战场。

别急，他还没有加入混战。他暂且接受帕特洛克罗斯的请求，允许其穿上他的铠甲加入战斗的行列。这也是阿

---

① 费尔南多·佩索阿（Fernando Pessoa, 1888—1935），葡萄牙诗人、作家，葡萄牙后期象征主义代表人物，著有《不安之书》（也译为《惶然录》）。

喀琉斯让自己的替身参战的方式。

> 但是，我已说过，
> 我不会平息心中的愤怒，直到嚣声
> 和战火腾起在我的船边。
> 去吧，披上我那副璀璨的铠甲，在你的肩头。

（《伊利亚特》，第十六卷，61—64行）

这是荷马的讽刺吗？

或者对他来说，这是提醒读者的良机，我们永远无法摆脱狂妄这条疯狗？阿喀琉斯很快就变成了愤怒的怪物，而现在，他还在劝朋友保持冷静。

> 你不能沉湎于血战引发的激狂，放手
> 痛杀特洛伊人，领着兵勇们冲向伊利昂。
> 小心啊，俄林波斯山①上的某位不死的神明
> 可能会下山干预。

（《伊利亚特》，第十六卷，91—94行）

---

① 即奥林匹斯山。——编者注

那个让朋友保持冷静的人才是最可怕的怪物。

当我们见证阿喀琉斯的杀戮时应该回想起这些诗行。帕特洛克罗斯并没有听他的话，而是大肆屠杀特洛伊人。荷马用了一个惊心动魄的表达来描写帕特洛克罗斯的愤怒："精神错乱的疯子"。他杀了普莱克墨斯（Pyraichmès）、阿雷鲁科斯（Aréilycos）、普罗努斯（Pronoos）、塞斯托尔（Thestor）、厄鲁劳斯（Érylas）、厄鲁马斯（Érymas）、安福特罗斯（Amphotère）、厄帕尔特斯（Épaltès）……

他僭越了界限，铸成大错。像荷马史诗中的所有故事一样，他的罪行要受到责罚。所有的暴力都暗含灾祸，出格的言行会招致报应。惩罚很快就降临了。

帕特洛克罗斯已被阿波罗击倒，赫克托耳的长枪刺穿了他的腹部。其时，帕特洛克罗斯，此生的大限已写在你的眉头（《伊利亚特》，第十六卷，787 行）。"大限到来"可以作为《伊利亚特》的副标题。

在帕特洛克罗斯呼出最后一口气时，赫克托耳教训这狂乱的灵魂：

可怜的家伙，就连阿喀琉斯，以他的勇力，也难以相救！

他必定对你下过严令，在你行将出战之时。

（《伊利亚特》，第十六卷，837—838 行）

狂妄的恶果还未结束。各国陷入了盲目的混战。人员往来，两军对垒，英雄战死，遗物从一个仆从手中传到另一个仆从手中。这是一种病毒，一种心理上的传染病。这一次是赫克托耳犯了浑。他从帕特洛克罗斯身上脱下阿喀琉斯的铠甲，穿在自己身上，对尸体不管不顾。

宙斯：

唉，可怜的赫克托耳，全然不知死期已至

——当你穿上这副永不败坏的铠甲，

死亡即已挨近你的躯体：

此物属于以为了不起的斗士，

在他面前，其他战勇亦会害怕发抖。

现在，你杀了此人钟爱的朋友，强健、温厚的伙伴，

做了不该做的事情，剥了他的盔甲，从他的肩膀和头颅。

（《伊利亚特》，第十七卷，201—206 行）

听好指控中最重要的一句话——"做了不该做的事"。

每个人在自己做出过分之事前都会警告别人做事不要出格。人真是可悲，对别人评头论足时总是头脑清醒，落到自己身上就糊涂了。这句大白话用古希腊神话的表达方式去说就是："照我所言去做，而不要照我所做去做！"

阿喀琉斯的才干

对阿喀琉斯而言，帕特洛克罗斯不仅是挚友，更像是自己的另一个分身。得知帕特洛克罗斯的死讯后，阿喀琉斯悲痛欲绝，最终下定决心与阿伽门农和解，准备奔赴战场，但是他的武器铠甲已经被赫克托耳夺去。因此，荷马就有了机会谱写一段忒提斯拜访赫菲斯托斯的绝妙插曲。

忒提斯是阿喀琉斯的母亲，她打算去请求铁匠之神为她的儿子打造武器。（噢！这位母亲的行为真是感人至深，为了帮孩子寻找装备，特意前往神话世界里的"老佛爷百货"，这样她的孩子就能在喧天鼓声中走向自己的终极归宿，也就是死亡！）

阿喀琉斯已经与阿伽门农重归于好，并且做好了上战场的准备。挚友帕特洛克罗斯之死让他痛苦万分，爱子心切的母亲使他得以披上新铠甲。现在万事俱备，他可以带着满腔怒火重返疆场了。这便是阿喀琉斯第二次愤怒的开端。极端暴力就此上演。

> 挟着战斗的狂烈，阿喀琉斯扑向特洛伊人，
>
> 发出一声粗蛮的号叫，首先杀了伊菲提昂。
>
> （《伊利亚特》，第二十卷，381—382行）

我们都了解狂妄（hubris）的样子。什么都无法阻止他。毫无怜悯，绝不饶恕，格杀勿论。就像在军队说的那样，无所畏惧，也毫不留情。他开始了疯狂杀戮，大肆屠杀，不留活口。荷马用了几百句诗来刻画他的暴行。不过读者可以放心：你绝不是唯一一个感到恶心的人。

然而自然之力不会放任出格的行为肆虐下去。于是这场战争演变成了宇宙混战。人、兽、神、水、火都被卷入其中，搅得整个世界动荡不安。这下子，人类成功地扰乱了宇宙运作。所有力量都被彻底激发了出来。

阿喀琉斯的暴行惹得斯卡曼德罗斯河①勃然大怒，为

---

① 斯卡曼德罗斯河（Le fleuve Scamandre），特洛伊地区的主要河流，荷马史诗中特洛伊战争的主要战场，希腊联军的大本营就设在河口。

了阻止这等荒唐的行径，河水开始泛滥，想要吞没阿喀琉斯：

> 就像这样，河水的锋头一次次地扑到阿喀琉斯前面，
>
> 尽管他跑得飞快——因为神比凡人强健。
>
> （《伊利亚特》，第二十一卷，263—264行）

为了不被吞没，阿喀琉斯奋力挣扎。

如果换作我们其他人呢，如果我们像阿喀琉斯对待天神那般对待大自然会怎么样呢？我们已经打破了平衡。我们逾越了界限，耗尽了全世界的资源，引发了种种问题。物种灭绝，冰川消融，土壤酸化。如今，大自然的一切表现，就是我们所面对的斯卡曼德罗斯河，它打破沉默，警示我们出格过分的行径。

用生态领域的话来说，警报信号已经亮起了红灯。用神话领域的话来说，河流对此深恶痛绝。现在的我们就如同曾经的阿喀琉斯，正被河水穷追不舍。是时候该放缓向深渊滑落的速度了，可我们却对此不以为然，甚至继续愚蠢地将之称为进步。

高潮

　　最后，是面对面的厮杀。《伊利亚特》的高潮，也是重头戏，即阿喀琉斯与赫克托耳的决斗。

　　阿喀琉斯穷追不舍，赫克托耳亡命逃跑，他已然准备好离开往昔的时光，可脑海中仍然会浮现那幸福的过往。被雅典娜欺骗①，他停下脚步，重新和阿喀琉斯对战。两位英雄扭打在一起，互相谩骂，赫克托耳被杀死，帕特洛克罗斯大仇得报。

　　可阿喀琉斯的怒火并未熄灭。事件愈演愈烈，非理性且永不消逝的狂妄源源不断地滋生。疯狂从不知餍足。现在，荷马描写了另一种"出格"的表现。

---

① 雅典娜伪装成赫克托耳的兄弟得伊福玻斯，劝他回头迎战阿喀琉斯，赫克托耳受到鼓舞便转身迎敌。当决斗重新开始时，他发现得伊福玻斯并不在场，只有自己孤军奋战，便意识到是被雅典娜欺骗了。

不再疯狂屠杀士兵，那不过是平常之举。阿喀琉斯要凌辱赫克托耳的尸体，把其绑在他的车上，任车拖着在漫天尘土中走。因为，对尸体不敬是古代传统中最卑劣之举，是所有"令人发指的凌辱行为"的极致。

这样的亵渎令人齿寒，大家认为疯狂将再度降临。狂妄永远不会平息。战士不见宁日，暴力永无休止，众神没有休憩，这一切，唯有引起众怒才会看到尽头。即便是好战残暴的阿波罗，都对人类丑恶的膨胀进行了批判：

但你们，你等神灵，

却一心想着帮助凶狂的阿喀琉斯，

此人全然不顾礼面，心胸狂蛮，

偏顽执拗，像一头狮子，

沉溺于自己的高傲和勇力，

扑向牧人的羊群，撕食咀嚼。

就像这样，阿喀琉斯已忘却怜悯，不顾

廉耻——廉耻，既使人受害匪浅，也使人蓄取裨益。

不用说，凡人可能失去关系更为密切的亲人，

比如儿子或一母所生的兄弟。

他会愁容满面，他会痛哭流涕，但一切终将过去，

命运给凡人安上了知道容让和忍耐的心灵。

（《伊利亚特》，第二十四卷，39—49行）

　　这是荷马给出的教诲之一：狂妄就像被诅咒的阴影，一直在我们的脑海中盘旋，把我们拉向战争的深渊，什么都无法将它赶走。狂妄的戾气代代相传，时时发作……无论是昨日的欧洲，还是今日的太平洋和中东，在世界各处，每天都有无数家庭饱受战火之苦，不管是德国雇佣兵、幕府武士，抑或是圆桌骑士，都不过是同一种死灰复燃、永不餍足的狂妄引发的万千战争的一面吧？

和平是个小插曲

    我们即将离开特洛伊平原……回到毁灭性的疯狂中。世界末日般的危机暂且平息。荷马邀请我们来到帕特洛克罗斯的葬礼上。而赫克托耳的遗体尚未被交还给他的家人。葬礼仪式开始，阿喀琉斯终于以国王的身份主持大局：葬礼有序进行，争端得到解决，权力的艺术被展现得淋漓尽致。

    恶魔在狂欢。这也是古希腊智慧的痕迹：永远不要轻易地对人的善恶进行决断。

    阿喀琉斯原本会给世人留下一个精神病①的形象。但荷马并未用这条如此清晰的道德界线去区分人的好坏。"非

---

① 阿喀琉斯是一位让部下畏惧的人物，连他最亲密的伙伴帕特洛克罗斯也说他"刚烈、粗暴，甚至会对无辜者动怒发火"（第十一卷，653 行）。阿波罗批评他偏拗、固执、"沉溺于自己的高傲"（第二十四卷，40—44 行）。

黑即白"是一种基督教的思维模式，抑或是伊斯兰教的法理和成规。

后来，在这些一神论的启示下，世界得到了二元解读。在这一解读中，道德的毒素被注入到复杂的人际关系之中，主宰二元社会的不幸。这条道德的分水岭把社会的光明面和阴暗面一分为二。

或许我们可以天真地说，《伊利亚特》的最后一幕就像一幅典型的古典主义画作，因为古典主义遵循的是古代经典。在这一幕中，笼罩在危险气氛下的种种情感都升华到了极致。老国王普里阿摩斯是赫克托耳的父亲。儿子的死讯和遗体遭受的虐待使他伤心欲绝。他决心穿越国界，深入敌境。进行这场自杀性的征程需要何等的勇气！但父爱战胜了一切危险。当然，赫尔墨斯①助了他一臂之力，但这段故事仍使普里阿摩斯步入了不朽的英雄之列。

敌我双方的国王能够交谈、问候、互相欣赏并私下进行协商。对此，荷马给出了高度的评价：美德战胜了冲动。

普里阿摩斯祈求阿喀琉斯将儿子的遗体归还于他。他

---

① 赫尔墨斯（Hermès），希腊神话中的信使，是风，是太阳神和月亮神之子，为交替的日夜传递信息。

前去拜会杀死赫克托耳的刽子手，并伸出自己"恳求的双手"！阿喀琉斯让步了。在光明的时代，一名勇士能够欣赏其对手的伟大人性。普里阿摩斯敢于请求，阿喀琉斯也欣然接受。双方同意为赫克托耳的葬礼暂时休战。

就这样，葬礼得以举行，《伊利亚特》就此完结。至于之后的战役，将在休战后进行，并随着特洛伊的毁灭而结束。虽然《伊利亚特》并没有告诉我们这些，但我们可以在之后的《奥德赛》的字里行间找到故事的尾声。

《伊利亚特》告诉我们一件事：人是一种受到诅咒的造物。驱使世界运转的既非爱亦非善，而是愤怒。

有时，怒火会平息，但它仍会像失聪的野兽一样低吼不止，蛰伏在地下，如同一个难以忍受痛楚的气鼓鼓的幽灵，却不明白自己的伤口从何而来。

《奥德赛》，昔日的秩序

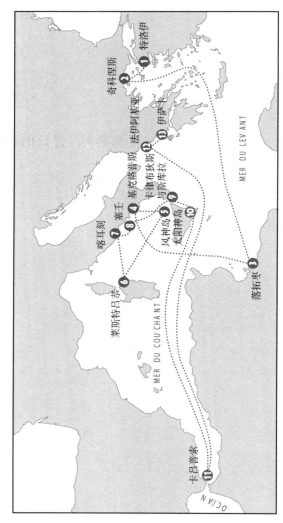

《奥德赛》（1924 年版）的译者维克多·贝拉尔画出的奥德修斯海上历险路线图。

回归之歌

《奥德赛》并非线性结构的作品，也没有按时间顺序展开。如今，人们可能会说，它的结构是现代的（*moderne*，指一切恒久不变的事物）。

诗歌讲述了三件事：忒勒玛科斯[①]的寻父之旅；特洛伊战争结束后，奥德修斯重返伊萨卡岛的冒险之旅；奥德修斯回国后驱赶篡位者并重建秩序的故事。

因此，这是一首还乡之歌、命运重塑之歌。人类在特洛伊的暴行使宇宙陷入混乱，所以必须重新建立和谐。热拉尔·德·奈瓦尔[②]在《德尔菲卡》（*Delfica*）中写道：

[①] 忒勒玛科斯（Télémaque），荷马史诗中奥德修斯与珀涅罗珀之子，名字意为"远离战争"。

[②] 热拉尔·德·奈瓦尔（Gérard de Nerval，1808—1855），法国诗人、散文家和翻译家，浪漫主义文学代表人物之一。

"他们将归来，那些你为之哀惋叹息的神！时间将带回往昔的秩序。"啊，荷马笔下蕴含了强大力量的诗句！回归故里，重建个人的平衡状态，并以此来恢复宇宙的平衡——这就是《奥德赛》的宗旨：换言之，使世界再次回到文明。

《奥德赛》也是一首比福音书[①]早八百年就完成的宽恕之诗。奥德修斯犯了错，他要为丧心病狂的人类付出代价。荷马说旅程即赎罪。众神在他的犯错之路上出现，并对他进行种种考验。而有些神的介入则是为了帮助他渡过难关。这里隐藏着古代众神模糊不清的身份：他们既是审判者，又是当事人；他们设下陷阱，却又施以援手。

《伊利亚特》吟唱的是人类的不幸。灵魂中阴暗卑劣的部分在战场上释放了出来。《奥德赛》则是一个人的日课经，这个人逃离集体狂暴，并努力找回作为人应具备的条件——自由和尊严。

《奥德赛》的最后一条主线：主人公的坚韧不拔。最大的危险，是遗忘目标，寄希望于一己之力，放弃追寻生命的意义。

背弃自我是最可耻的。

---

① 福音书（l'Évangile），以记述耶稣生平与复活事迹为主的文件、书信与书籍。在基督教传统中，它通常意指《新约》中的内容。更狭义的说法则是专指四福音书：《马太福音》《马可福音》《路加福音》《约翰福音》。

众神的建议

海上历险的故事从第九卷开始，在和平的法伊阿基亚人（Phéaciens）的宴会上。他们接待了被冲到岸上的奥德修斯。之后，我们将见证他收复被劫掠的家园。

在此之前是冗长的引子，一方面是众神对裁决人类命运而进行的交谈，另一方面是忒勒玛科斯的历险，两者交替进行。

多么奇怪的架构！那么多的闪回（flash-backs），如果用"蛮族"的语言，我们可以这样感叹。那么多的倒叙和戏中戏！奥德修斯在听完法伊阿基亚人宴会上的行吟诗人吟诵关于自己的事迹后，开始讲述自己的历险。在此之前，他一直隐姓埋名。但突然，行吟诗人打动了他，让他泄露了身份。词语有了生命。荷马向我们证明，文学可以赋予生命以形，哪怕"文学"一词当时尚未出现。

史诗从一个形象开始说起。

卡吕普索——雍雅的女仙，把奥德修斯留了下来，而其他从特洛伊平原归来的壮勇已尽数还乡。奥德修斯能否成功还乡呢？众神一致同意要让英雄脱身，但波塞冬除外，他无法原谅奥德修斯弄残了他的儿子基克洛普斯。宙斯认为"波塞冬最终会平息怒气"。

这部史诗的哲学主题和情节交织在一起：人终究有一部分自由选择的权利。就算犯了过错，他也可以救赎。众神并不和人类作对，至少不是一直作对。人的命运虽然是神谱写的，但人依然有选择的自由。

得到宙斯的允许，雅典娜飞去伊萨卡找忒勒玛科斯，告诉他他的父亲还活着。女神嘱咐年轻的继承人出发寻找父亲。首先要把那帮觊觎王位的求婚者稳住。争取时间，然后出发，对一个希腊人来说，出发意味着行动。人就是一艘船，自由地在神织就的命运表面上漂浮……就像水手决定自己航行的方向，但不能突破蔚蓝深邃海洋的疆界。

忒勒玛科斯准备起航。他要出发去寻找父亲。求婚者们都反对他走。他们骂骂咧咧。他们觊觎王位，垂涎王后，挑衅王子。他们当中不乏乱臣贼子。

他们都是些伪君子，表面上粉饰太平，背地里阴谋诡计，历史上不乏这样的变色龙。他们对权力趋之若鹜，同样也蜂拥拜倒在珀涅罗珀的石榴裙下，傲慢无礼，庸俗不堪。他们争相往伊萨卡的王位上爬。今天，他们仍阴魂不散，觊觎共和国的权杖。

以子之名

当安提诺俄斯[①]，一众伪君子之首，对忒勒玛科斯说出下面这段话时，就注定要以卑劣的灵魂永远臭名远扬：

> 只要她不放弃这个念头，
>
> 我想，是天上的神明将此念注入她心中，
>
> 求婚者们就不会停止挥霍你的家产，食糜你的所有。
>
> （《奥德赛》，第二卷，123—125行）

我们都记得珀涅罗珀用织布拒绝求婚者的聪明才智，荷马在诗中还描绘了她其他值得称道的美德。她作为女人

---

① 安提诺俄斯（Antinoos），荷马史诗《奥德赛》中的人物，欧珀忒斯（Eupithès）之子，趁英雄奥德修斯漂泊在海上之际追求珀涅罗珀。

的聪慧及其内心的忠贞不渝足以将豺狼小人拒之门外。《奥德赛》是歌颂智慧的史诗。谁终将取得胜利？答案自然是有雅典娜相助的奥德修斯和珀涅罗珀：他们体现了精神的三大禀赋！由此展现了古代的胜利三部曲：计谋、坚贞和王权。

当奥德修斯企盼归程时，忒勒玛科斯一路朝父亲所在的方向航行。众神见证了被拆掉的织布又被重新缝补。珀涅罗珀的织物，在某种程度上也象征着父子重逢这一情节的推进。

对于奥德修斯和忒勒玛科斯这对父子而言，重逢也意味着父尊子孝的秩序的重建。

他们在旅途结束时相见。在这个世界上，混乱从来没有创造出任何有价值的东西。只有那些信奉熊彼特创造性破坏理论①且过着舒适而惬意的生活的现代哲学家，才会真的相信破坏具有创造性价值，并从心底呼唤这种毁灭性的爆炸。但恕我直言，混乱和破坏始终无法创造出任何东西。

---

① 创造性破坏理论是经济学家熊彼特（Schumpeter，1883—1950）最有名的一个观点，是其企业家理论和经济周期理论的基础。在熊彼特看来，"创造性破坏"是资本主义的本质性事实，资本主义对经济结构的创造和破坏主要不是通过价格竞争而是依靠创新竞争来实现的。每一次大规模的创新都淘汰旧的技术和生产体系，并建立起新的生产体系。

总之，让我们随忒勒玛科斯一起，解开船上的缆绳一同去远航吧！在这段旅途中，很长一段时间里，我们将待在甲板上，接受浪花的洗礼，踏破酒蓝色的海面前行（《奥德赛》，第一卷，184 行）。漂泊在寻父之途上的孩子多么忧伤。在某种程度上，这段旅程也是忒勒玛科斯认识自我、寻找自我的过程。《奥德赛》是迷途之人的安魂曲。在皮洛斯①，忒勒玛科斯遇到了涅斯托尔②——作为前特洛伊战争的勇士，他向忒勒玛科斯讲述了当年城里的战况。

我们中最好的战勇都已倒下。

（《奥德赛》，第三卷，108 行）

然而，当我们攻陷了普里阿摩斯陡峭的城堡，

驾船离去，被神明驱散了船队后，

宙斯想出一个计划，在他心中，

---

① 皮洛斯（Pylos），希腊伯罗奔尼撒半岛西南部麦西尼亚州的一个小城，也是伊奥尼亚海的一个小海湾。

② 涅斯托尔（Nestor），希腊神话中的皮洛斯国王，在《伊利亚特》和《奥德赛》中都有出场。在特洛伊战争期间，他的年纪已经非常大了（据说大约有一百一十岁），但依然带着两个儿子加入了希腊联军。

使痛苦伴随阿耳吉维人的回归，

只因战勇中有人办事欠谨，不顾既定的仪规。

所以，许多人在归返中惨遭不幸，

因为神的招致灾难的愤怒。

（《奥德赛》，第三卷，130—135 行）

涅斯托尔说，由于人们逾越了既定的规限，破坏了平衡，他们为自己的肆狂付出了代价。但至少，他们都回到了家乡不是吗？除了奥德修斯一人。

忒勒玛科斯四处游荡。他这种不切实际的寻找，是一个为了成为男子汉而要找回父亲的男孩的强烈诉求。雅典娜在之前的一首歌中告诉他：

整备一条最好的海船，带配二十支划桨，

出海探寻音讯，你那长期失离的父亲。

（《奥德赛》，第一卷，280—281 行）

不要再

抱住儿时的一切，你已不是小孩。

（《奥德赛》，第一卷，296—297 行）

我们可以将弗洛伊德笔下的俄狄浦斯和荷马笔下的忒勒玛科斯做个对比，编写一个家人团圆而不是关系破裂的故事。忒勒玛科斯没有想要杀害他的父亲，对他的母亲也没有非分之想。他克服艰难险阻去找回他的父亲，让其重新登上王位，让父母重聚。而弗洛伊德笔下的俄狄浦斯为了证实自己的独特，亵渎了自己的血统。我是否可以认为忒勒玛科斯是一个更有王子风范的人物？他在哪些方面更符合我们内心深处的人格结构？

忒勒玛科斯在抵达拉科尼亚（Laconie）后，遇见了墨涅拉俄斯和被他重新夺回的海伦。我们现在仍然处于一个战争时代，艰难险阻的旅途才刚刚开始。墨涅拉俄斯向忒勒玛科斯讲述了他父亲的丰功伟绩、特洛伊木马、落入埃癸斯托斯①设的陷阱而被谋害的阿伽门农。奥德修斯是一个家喻户晓的英雄，很多关于他的故事广为流传。在第五

① 埃癸斯托斯（Égisthe），希腊神话人物，是堤厄斯忒斯在不自知的情况下和他的亲生女儿珀罗庇亚生下的儿子，之后珀罗庇亚又在不自知的情况下嫁给了伯父阿特柔斯，多年后，阿特柔斯命埃癸斯托斯去杀堤厄斯忒斯，然而堤厄斯特斯认出了自己的儿子。于是，珀罗庇亚自刎，埃癸斯托斯杀死阿特柔斯。再后来，埃癸斯托斯又伙同其情妇克吕泰墨斯特拉（俄瑞斯忒斯的母亲），杀死了阿特柔斯的儿子阿伽门农（俄瑞斯忒斯的父亲），引出了俄瑞斯忒斯杀母为父报仇的悲剧故事。

卷的诗歌中，我们会见到有血有肉、活生生的奥德修斯。他迟迟不出场，让人充满期待。他的前进步伐让人联想到阿波利奈尔在一首诗中所描写的，"就像虾跑开时的样子，往后退，往后退"。

起航，出发

众神再次集结，赫尔墨斯被派往卡吕索普家，传命女神放走奥德修斯，卡吕普索听从了宙斯的命令，倍感折辱。她只是感叹伟大恋人的多舛命途。

神，你毫无怜悯，你比凡人悍妒

当女神要与凡人永结为好

你厌恶他们的爱情公之于众！

（《奥德赛》，第五卷，118—120行）

奥德修斯自由了，他终于摆脱了凡人此生可能遭遇的最大威胁：在忘却身份之后，忘却了自己的目的。

此时，他为沦陷的故国哭泣。

生命中的柔软随着眼泪

尽数消逝。

（《奥德赛》，第五卷，152—153行）

　　希腊思想的基石，尤其是荷马给世人的教诲，可以归结为：人类所有的不幸都源于不在其所，而生命全部的意义就在于恢复曾经被放逐的一切。

　　如果一出生就被逐出摇篮，那成年后就算与九天仙女翻云覆雨也毫无意义。

　　尤记得卡琳·布利克森① 在《走出非洲》（*Out of Africa*）中写道："我曾在我应该在的地方。"攀岩冠军斯特法妮·博代（Stéphanie Bodet）或许会补充："垂直向上。"

　　对于希腊人来说，美好生活尽在故乡。《奥德赛》就是一首回归自我、回归本真、回归故里的诗篇。

　　为何众神会冒着触怒海神波塞冬的风险同意释放奥德修斯呢？因为奥德修斯是凡人中最聪明、最狡猾、也最慷慨的一个。因为求婚者在掠夺他的万贯家财，也因为众神

---

① 卡琳·布利克森（Karin Blixen, 1885—1962），又称冯·布利克森男爵夫人，丹麦著名女作家，笔名伊萨克·迪内森（Isak Dinesen），创作了自传体小说《走出非洲》，叙述了她在肯尼亚悲欢离合的生活。

已经厌倦了混乱。特洛伊的灾难已成历史，现在，整个奥林匹斯山都渴望和平。这里有过太多的疯狂、太多的狂热。

奥德修斯出发了，我们目睹了第一次海难，那只是一系列历险的开端，《奥德赛》是人类有史以来发布的最糟糕的航海手册。

奥德修斯搁浅在法伊阿基亚人的国土。法伊阿基亚人是摆渡人，驾着轻舟，负责凡人与众神之间的往来。世外游船，样子一点也不难看。他们生活在极乐世界，在神界和人间飘荡穿梭。雅典娜亲自指挥，让奥德修斯在海难中生还。有着猫头鹰一样的灰色眼睛的女神安排了他和瑙西卡（Nausicaa）之间令人尴尬的相遇，后者是法伊阿基亚人的国王阿尔基努斯（Alcinoos）的女儿。奥德修斯藏在灌木丛后面，半裸着身子；他惊动了瑙西卡的侍女，吓得这些像天主教修道院里既天真又透着点傻气的少女四下逃散。但他巧舌如簧，说了一番好话，迷住了瑙西卡。荷马再次提醒，言语能动人心魄。浪荡公子深谙此道，甘斯布①一定读过荷马史诗！一席话甚至能让特洛伊战争反转，

---

① 塞尔日·甘斯布（Serge Guinsbourg, 1928—1991），法国歌手、作曲家、诗人、编剧、作家、演员和导演。他的作品经常充满挑衅和讽刺，曲风多元，被视为世界上最有影响力的流行音乐家之一。

同样也能救遭遇了海难的奥德修斯一命。

奥德修斯被带到国王的宫殿，国王答应帮他，给他备了一艘船，以便他返乡。阿尔基努斯让人准备船只的同时，也让人为他的客人备好了筵席，尽管他并不了解这位陌生人的身世。在古代，人们就是这样接待地中海上的落难之人。在荷马时代，异乡人是稀客，难得一遇。

筵席上，助兴的行吟诗人吟唱着阿喀琉斯和奥德修斯之间发生的争执。什么？阿喀琉斯和奥德修斯有过争执？这个插曲在《伊利亚特》中并没有被提及，但在《奥德赛》中却成了至关重要的一段，因为奥德修斯听着行吟诗人的吟唱，发现自己已名留青史。记忆赋予了他永恒。奥德修斯曾经在卡吕普索那里差一点就自暴自弃、自我沉沦了！在这里，他确信自己已经成了一个人物，尽管他曾经差一点就寂寂无名。

行吟诗人随后又唱起了特洛伊木马的故事。奥德修斯，想出这一诡计的人（在《伊利亚特》中丝毫没有被提及）再也忍不住泪水，从而泄露了他的身份。如果这个男人听到这个故事会落泪，那他肯定就是这个故事的主角！告诉我你什么时候哭，我就告诉你你是什么样的人……荷马透露了一条重要线索：我们的身份就隐藏在我们的泪水中。

是我们的忧愁泄露了我们。在卡吕普索那里，我们曾看到奥德修斯泪流满面。当他承认自己就是奥德修斯，扑到珀涅罗珀的怀中时，我们将再次看到他泪流满面。《奥德赛》中充满了泪水。

荷马指出，生命不能只归结于欢愉的集合，如今它还迫使我们将一次次的抗争一一道来。

一切都需要争取，但人类却一无所获，一切都不能重头再来。被揭穿身份后，奥德修斯向法伊阿基亚人坦陈：

我是奥德修斯，莱耳忒斯之子，以谋略

精深享誉人间；我名声鹊起，冲上了云天。

我家住阳光灿烂的伊萨卡岛。

（《奥德赛》，第九卷，19—21行）

之前，我们的英雄隐瞒了他的名字、他的父亲以及他的家乡。

一种古老的表明自己身份的方式：我是谁，我从哪儿来，我到哪儿去。

此时获知的身份让出生、家族和荣光所组成的三部曲更加密不可分（"谋略精深，享誉人间"）。时间、空间和事迹环环相扣。

应法伊阿基亚人国王的要求，奥德修斯开始讲述他漫长的历险，从特洛伊战争到卡吕普索的岩洞。荷马在创作《奥德赛》的这一刻，创造了文学，一种讲述已然发生并将在记忆中永存之事的艺术。

叙述开始了，一直持续到第十三卷。神奇的灯火将照亮那一幕幕往事，想象和教诲相得益彰。

奥德修斯从战场上死里逃生。这是故事的开始：

离开特洛伊后，疾风推搡着我漂走，

来奇科涅斯人的地方；

我洗劫了伊斯马洛斯，屠杀了守城的民众。

（《奥德赛》，第九卷，39—40行）

风，这个海上的捣蛋鬼，将伊萨卡岛上的英雄带到一群陌生人面前。奥德修斯尚未摆脱他好战的思想。特洛伊战争中毁天灭地的能量依旧让他热血沸腾。他以自己的方式烧杀抢掠。他的狂妄还没被磨灭么？它会重现的，因为《奥德赛》本身就孕育着改变的魔力。

隐秘的国度

奥德修斯一行人在落拓枣族人的海岛上搁浅，闯入了一个前所未见的虚幻世界，然而刚步入这虚构迷宫，人们就已无法从中挣脱，直到重返通往故土伊萨卡之路。奥德修斯不小心漂到这匪夷所思的海岛，正如《星际迷航》（*Star Trek*）中的船舰进入折叠空间中一样。

落拓枣族人给船员们吃了一种果子：落拓枣，"香甜如蜜"。这些水手从此无法自拔。美味带来的欢愉是裹着糖衣的毒药，它掏空人的身体，麻痹人的意志，摧毁人的良知。吃下它的人总是神情恍惚，在朦胧中感到愉悦和空虚。脑海中一直有个声音在提醒：别屈服，不要忘记你是谁。有些博学之士曾试图猜测这落拓枣到底是哪种植物，其实他们已经弄错了研究方向，因为此处的落拓枣，是比喻那些使我们迷失自我的事物。毕竟，人们在电子屏幕前浑浑噩噩地度日，因沉溺其中而忘了曾经许下的诺言，挥霍宝贵的时间，思考时心不在焉，因忽视健康而在键盘前变得日益臃肿，不是像极了奥德修斯的水手们在致命海岛上魂不守舍的样子吗？数字社会的魔爪已经伸向我们的生活，剥夺了我们在现实生活中的丰富体验。比尔·盖茨和扎克伯格正是新型的落拓枣"毒贩"。

在基科涅斯人（Cicones）的岛上，水手们无节制地掠夺作恶；在落拓枣族人这里，他们在空虚的欢愉中险些走向自我毁灭：

> 然而，当他们一个个吃过蜜甜的枣果，
>
> 三个人中便没有谁愿意送信回返，亦不愿离开，
>
> 只想留在那里，同枣食者们为伴，
>
> 以枣果为食，忘却还家的当务之急……
>
> （《奥德赛》，第九卷，94—97行）

在特洛伊，是狂妄。在这里，是迷失。二者间，是生而为人要面对的挑战，即自制。正如加缪所说，奥德修斯之路，是为了更好地认识自我。

海上航行重新启程，直至抵达基克洛普斯人的岛屿。

这些独眼巨人属于一个体型庞大、生性残暴的种族，是"毫不讲理的巨人"。他们不"以面包为食"，换言之，他们从不耕种。在这个幸福安逸的国度里，巨人们只要弯弯腰就能摘到水果吃：

> 但凭植物自生自长，无需撒种，不用耕耘。
>
> （《奥德赛》，第九卷，109行）

这就是荷马笔下的希腊人的做派：当他们登上一座岛屿时，就会争先恐后地寻找农业的痕迹。农业意味着文明的存在，将文明人和未开化的野人分开。在荷马时代，新石器时代的农业革命只有几千年的历史，还是一种新创造……赫西俄德在《工作与时日》① 一书中揭示道："众神把食物藏起来，不让人看到。"而农人的职责就是去发现隐藏的食物。海德格尔②将诗人和耕种者相提并论，认为两

---

① 《工作与时日》（Les Travaux et les Jours），古希腊诗人赫西伍德所著长诗，主要歌颂了在希腊产生阶级矛盾后、人际关系开始复杂化后，人们心中留存的公正与勤劳的美德。

② 马丁·海德格尔（Martin Heidegger, 1889—1976），德国哲学家，20世纪存在主义哲学的创始人和主要代表之一，著有《存在与时间》《林中路》等。

者都是在等待圣灵降临时，被召唤来生产那些尚未成形的飘忽之物的。

一个独眼巨人开始吞食奥德修斯手下的水手，仿佛当他们是俄罗斯餐桌上的俄式冷盘。之后，他将所有船员关在一个山洞里：他们就等着被烤着吃吧……

奥德修斯欺骗独眼巨人，说自己名叫"无人"，之后他用酒灌醉了看守，戳瞎了巨人的独眼，将他的船员们藏在了巨人的羊肚下——这是苏人①的诡计。当巨人向同伴求救时，大喊"无人伤我"。这一诡计堪称绝妙，荷马在此发明了历史上第一个文字游戏。奥德修斯比耶稣略胜一筹的是，耶稣拥有所有美德，却少了点儿幽默。奥德修斯救了剩下的同伴，再次扬帆远航。但他犯了一个错误，忍不住嘲笑起被他欺骗且瞎了眼的巨人：

基克洛普斯，今后若有哪个凡人问你此人是谁，

把你弄瞎，弄得这般难堪——

告诉他，捅瞎你眼睛的是我奥德修斯，城堡的荡击者，

---

① 苏人，北美印第安人的一个部落。

居家伊萨卡，莱耳忒斯的儿男！

（《奥德赛》，第九卷，502—505 行）

这就是荷马谴责的虚荣，尽管和狂妄比起来，虚荣只算得上一个小缺点，但仍然能够导致秩序混乱。

奥德修斯因自吹自擂而犯了错，激起了独眼巨人的父亲——海神波塞冬的愤怒。从此以后，海神怒火狂烧，灾难接踵而至（几个世纪后的人们会将其称为"十字架之路"[①]），使奥德修斯命运多舛。《奥德赛》成为教育人类的道德准则，但人类总是可以通过践行自己的美德，更准确地来说，靠智慧来弥补自己犯下的过失。

至此，我们便从悲剧走向灾难。海神波塞冬制造的陷阱数不胜数。首先，是大风。风神送给奥德修斯一个礼物：一个羊皮袋，不过建议他不要打开。然而奥德修斯一入睡，船员便迫不及待地把它打开。羊皮袋里的风窜了出来，风暴瞬间席卷海面。无可救药的人类啊，总是控制不住自己，僭越诸神设下的防线。

[①] "十字架之路"也叫"苦路"，是耶稣从被审判到钉死在十字架上最后所走的路。

醉舟

在莱斯特吕恭（Lestrygons）巨人的领地歇脚时，几个船员被莱斯特吕恭人残杀，此后，他们逃到女巫喀耳刻的地盘。喀耳刻是一个奇特的情人，一个致命的女人。她把她的情人们都变成动物，奥德修斯的同伴们被她变成了猪仔。在喀耳刻那里，诸神使人类经受比遗忘更糟糕的威胁，那就是让他们失去自己原来的样貌。多亏了赫尔墨斯的解药，奥德修斯逃过一劫，让他能继续"做自己"。诸神其实一直都在，随时准备助"永垂不朽的英雄"一臂之力。他们虽然让他经历种种磨难，但每次都会给他化险为夷的良方。

奥德修斯战胜了喀耳刻，让水手们变回了人的模样。不过他还是和女巫共度了一年的时光，毕竟，这可是葛丽泰·嘉宝①晒太阳的地方，要是与这座小岛擦肩而过可真是遗憾。

当船员们说服奥德修斯重新踏上旅途时，喀耳刻把他即将遭遇的种种磨难告诉了他。他首先得去哈迪斯（Hadès）掌管的冥界，这是奥德修斯第一次下地狱的经历。潜入幽冥地府令人发怵。他刚到就见到了自己死去的母亲，他想去拥抱她，却是枉然。死人都难以触及，拥抱扑了个空。"死者，可怜的死者痛苦多巨大"，波德莱尔曾哀叹，因为他们再也得不到我们的慰藉。

另一个幽灵来到奥德修斯面前。他是预言家忒瑞西阿斯②，他把前面的艰难险阻告诉了奥德修斯：奥德修斯回到伊萨卡之后还将继续奔赴旅程，他要再次来到冥界，向海神波塞冬做最后的献祭，才能把命运之布的裂缝完全缝合。

这些诗句证实了《奥德赛》一书神圣的一面。奥德修斯会赎过吗？他会为所有同伴犯下的过错赎罪吗？他会以一己之力去赎人类的罪过吗？就像那位受希腊思想的影响、

---

① 葛丽泰·嘉宝（Greta Garbo, 1905—1990），瑞典籍好莱坞影视明星，曾主演《茶花女》《安娜·卡列尼娜》等影片。
② 忒瑞西阿斯（Tirésias），古希腊神话人物，生活在底比斯的盲人先知。

出生在比荷马晚几个世纪的时代、自愿被钉十字架的苦修之人一样吗?

随后又出现了几个更古老的亡灵:几位公主、提坦和死去的战士。阿伽门农也来了! 还有阿喀琉斯,他向奥德修斯吐露了可怕的心声:他这个威风凛凛的战士,更渴望度过温馨甜蜜的一生,而不是获得死后的荣光。

我们许多人也应该每日对着镜子问自己同一个问题:我们人生的意义是什么? 赢得名声还是享受温馨甜蜜? 是名垂青史还是活在当下? 要成为一个快乐但默默无闻的人还是成为阿喀琉斯而下地狱?

但我们不是为解决这些问题而来的。我们本来就活在地狱里,活在"密室的阴影"之下……毒气缭绕,这番景象令人生畏。奥德修斯感到恐惧,他回到了船上,回到喀耳刻身旁。喀耳刻在他登船前给了他新的建议。要提防塞壬! 避开卡律布狄斯的旋涡和斯库拉的岩礁。总是同样的告诫:莫要迷失自我,莫要放逐自我,莫要遗忘自我! 岛屿相隔,唯有和家人团聚才能确保得到永福。

顺着生命线

首先，要小心女仙塞壬。她们会用歌声迷惑人类，把人类引入迷津，夺走人类的信仰、目标和生命线。

然而，女仙塞壬的可怕之处不在于暴力，却比暴力还糟糕！她们密切监视所有人，了解每个人的生平事迹。她们会幻化成人形，四处游逛，对人类进行无处不在的监控。塞壬窥伺着我们，她们还预见一个可怕的噩梦，在这个噩梦里，人类乐此不疲：我们如今生活在大数据时代，生活中的数据被储存在数字设备中，并被全球云端储存下来。

女仙塞壬低吟道：

我们无事不晓，所有的事情，蕴发在丰产的大地上。

（《奥德赛》，第十二卷，191 行）

荷马很久之前就预见了 21 世纪会是什么样子：在谷歌、苹果、脸书、亚马逊这四大互联网巨头的影响下，整个人类可以被全面控制。在《奥德赛》里，女仙塞壬的形象其实是鸟，而不是误传的水生生物。天上的女仙塞壬攻击我们，人造卫星监视我们。毫无秘密可言简直就像毒药一样。

奥德修斯让船上的伙伴把他绑在桅杆上，以抵御塞壬歌声的诱惑。大旋涡怪卡律布狄斯准备吞噬船只时，女海妖斯库拉勾走了船只并掠走了六名水手。荷马创造了一些暴风雨的可怕化身：他和所有希腊人一样，知道大海就是滋生一切危险的温床。不论是谁，只要他有过船只在时速七十三海里的风中偏航的经历，就不会对诗人笔下描述的像七头蛇（hydre）一样狂怒的大海感到震惊。只有一个曾经从十级狂风的海上生还的水手听到有人讲关于卡律布狄斯和斯库拉的故事时，嘟囔了一句："我还有过比这更糟糕的经历呢！"

在法伊阿基亚人的筵席上讲述的最后一个插曲中，荷马抓住这最后的机会描写人类缺少自制力，因而做出一些出格的举动。

船上一行人登上了太阳神岛，这是一片神圣的土地，是太阳神赫利俄斯①的领地。从象征意义上来说，这里具有隐喻的意思，指的是在太阳神的治下，地球熠熠生辉。女巫喀耳刻曾经叮嘱奥德修斯，让他们不要触碰日神的财富。奥德修斯也向伙伴们传达了女巫的嘱令。这是不是在用一种古老的方式提醒人类不应该掠夺地球的珍宝、抢夺她的资源来餍足一己之私呢？

尽管有忠告，船员们还是违抗了命令，杀死了太阳神的牲畜，大快朵颐了一番。太不让人省心了，这些凡人！他们又一次把持不住了。但是忒瑞西阿斯已经告诉奥德修斯，只有一个办法可以让他们逃离赫利俄斯：

倘若你一心只想归家，不伤害牛羊。

（《奥德赛》，第十一卷，110行）

还是一样的要求，这是希腊人的执念：不要偏离航向，平稳驾驶，坚持到底。从"风神的口袋"的插曲一直到"太阳神的圣牛"的故事，趁着奥德修斯睡着的时候，他的同伴

---

① 赫利俄斯（Hélios），古希腊神话中第二任太阳神，提坦神亥伯里安之子，黎明女神厄俄斯和月亮女神塞勒涅的兄弟。他是阿波罗的前任，驾驶日车的车手。

打破了他的计划，做出了愚蠢的行为。睡眠象征着遗忘。

希腊的天主教徒们在祈祷时会说"要谨慎"。

蒙田推崇的是，让我们的灵魂严阵以待。

马尔库斯·奥列利乌斯①建议我们保持警惕。

在长达几个世纪的时间里，这些一再被提出的忠告反映了荷马的观点。

于是，赫利俄斯惩罚这些船员，把他们抛入暴风雨中。

这是最后一场灾难，只有奥德修斯得以逃脱。十天后，他来到了卡吕普索的仙岛上。我们在《奥德赛》的开篇就读到了这个情节，又回到了第一首诗叙述的线索。这个循环完整了，返回伊萨卡岛的旅程可以开始了。

对于《奥德赛》开篇的几首诗，我们要记住的是什么？

生活强加给我们的义务。

最重要的是，不要僭越这个世界的法度。

如果必须弥补犯下的罪，一定不要偏离路线，也不要放弃既定的目标。

总之，永远不要忘记我们是谁，也不要忘记我们从何

---

① 马尔库斯·奥列利乌斯（Marc Aurèle, 121—180），罗马帝国最伟大的皇帝之一，同时也是著名的斯多葛派哲学家，其统治时期被认为是罗马黄金时代的标志，著有《沉思录》。

处来，要往何处去。

对奥德修斯而言，目的不言而喻：重回故国，驱逐僭越狂徒。他将凯旋归来，因为他坚持不懈。

无论是骄傲过度的勇士，对爱情盲目的傀儡，抑或是贪食落拓枣的昏聩之徒，沉浮于冥界的亡灵，他们都犯了同样的错：违反了古时的恒常，脱离了人生的正途。

重回伊萨卡的叙述自第十三卷起，构成了《奥德赛》的第二部分。

法伊阿基亚人坚守神界与人间摆渡者的身份，把奥德修斯护送到伊萨卡的海岸。他们事先允诺为奥德修斯备好回程的用度，之后将沉入梦境的他留在岸边。

波塞冬实现了复仇，却不是通过为难奥德修斯这个害死其子的刽子手，而是让摆渡者法伊阿基亚人的船体触礁、分崩离析。一幅可怖的、瓦格纳①式的画面！试想：这艘

----

① 威尔海姆·理查德·瓦格纳（Wilhelm Richard Wagner，1813—1883），德国作曲家，著名的浪漫主义音乐大师。奥德修斯的海上经历让人联想到瓦格纳根据北欧传说写成的歌剧《漂泊的荷兰人》，传说有一个荷兰的航行者，想要冒着滔天巨浪绕过好望角，并发誓为了实现心愿不惜一世在海上航行。魔鬼听了他的誓言，判罚他终身在海上漂泊，直至世界末日，除非找到一个真心爱他的女子，否则永无解脱。瓦格纳的歌剧中，管弦乐如暴风雨中汹涌澎湃的海洋，在暴乱的声浪中，代表荷兰人的主题一再出现。

受罚的船只，宛如一尊石化的雕像，被囚禁在海面上。

如今的伊萨卡，这座爱奥尼亚海①中央的小岛，锁住了与海湾连通的峡口。很难让人不联想到《奥德赛》中的那艘船。那艘石船，是波塞冬在人间与遥远神界的走廊上投掷的滚石。这一次，石板被加固了，奥德修斯在收复王国后，定然将再次与亡灵重逢，但他不会认出自己昔日扬帆于这片怪兽与妖女窥伺的海域。永别了，魔法！恢复理智的时刻已然到来。欢迎回到你日思夜想的地界，奥德修斯！

而此刻，他在岸边醒来，神智恍惚。又一次，古希腊的诅咒降临于他：不知身处何方，不知心向何物。我们的英雄没有认出他的热土，因为雅典娜为了让他不被看见，降下浓雾，将他团团围住（《奥德赛》，第十三卷，189—191行）。

自此，开始了勇士回归的部分。通过暴力重获温柔，秩序得以重建，僭越者会被铲除。

因而，奥德修斯的回归意味着要和波澜壮阔的历险故事永别。

---

① 爱奥尼亚海（Ionienne），又译伊奥尼亚海，地中海的一部分，位于南意大利与希腊之间。

王者归来

天哪，我来到何人的地界？

(《奥德赛》，第十三卷，200行)

奥德修斯叹息道。一切都来之不易。荷马一再主张：出生入死、受尽磨难方有所获。而别的作品或许会说要付出辛勤的汗水。"人向来都是一无所获，不管是他的力量、他的软弱，还是他的心。"路易·阿拉贡①夸张地说。而此时此刻，女神雅典娜在为奥德修斯准备反击之战。

在奥德修斯面前，女神雅典娜先幻化成放羊的牧人，后又摇身变成一位美丽的女子。她不仅驱散迷雾，展现伊

---

① 路易·阿拉贡（Louis Aragon, 1897—1982），法国诗人、作家、政治活动家。

萨卡原貌，而且运筹帷幄，帮助奥德修斯夺回王宫：

> 当我俩操办此事，
>
> 我知道这帮吞糜你家产的求婚人，
>
> 将鲜血喷涌，脑浆飞溅，
>
> 遍洒在宽广的大地上。
>
> （《奥德赛》，第十三卷，393—396行）

　　奥德修斯回来了，要血债血偿。但反击行动需谨慎进行。返乡切不可大张旗鼓。阿伽门农为人好大喜功，因此付出了生命的代价，这就是前车之鉴。奥德修斯将是一个深藏不露的复仇者，而不是目空一切的胜利者。应谨记狂妄对个人命运和公共道德造成的危害。

　　雅典娜的计划就像是一次突击行动。暗地行事、侦查环境、确认目标、做好准备、出击。就像如今镇压暴动的专家们总结的"锁定目标、发现目标、解决目标"（Fix, find, and finish）一样。为了侦查环境，雅典娜把奥德修斯化装成乞丐，使你看来显得卑贱，在求婚人眼里（《奥德赛》，第十三卷，402行）。

　　行动伊始：奥德修斯前往他忠诚的老仆人——牧猪人

欧迈俄斯（Eumée）家中。牧猪人替奥德修斯看管猪群，对奥德修斯忠心耿耿，从未改变。虽然他没有认出自己的主人，但仍周到地接待了他，就像人应该收留自己的同类一样。欧迈俄斯没有背叛主人，更没有忘记主人。那为何荷马要用高贵这一定语去形容他呢？因为他忠诚朴实，待人厚道。他是奥德修斯遇见的第一个凡人。这次单纯直接的亮相标志着我们的英雄已重返凡间。对于古代诗人来说，暴露在真实的光线之中，呈现真实面貌，就是高贵的品格。

奥德修斯将暂住在这个简陋的棚屋里。"王者之战"也从这里、从社会最底层打响。从寄居在牧猪人的棚屋到重返宫殿，这一路将是血腥的。这也是《奥德赛》所讲述的，一个关于收复和复兴的寓言故事。荷马在此说道，在这个棚屋里，国王与仆人结成了神圣同盟。目前国王奥德修斯只有牧猪人的支持，但就是从这里开始，归来之战拉开了序幕。

但是，你我深知"人世之王"并非限于一个行政头衔。一些穷人举手投足间也有王者风范，用乔治·奥威尔[①]的

---

① 乔治·奥威尔（George Orwell, 1903—1950），英国著名小说家、记者和社会评论家，代表作有《一九八四》和《动物农场》。

话说，是一些朴实、坚强的灵魂，是普通人。正如奥德修斯和牧猪人，尽管处在社会等级的这端或那端，但都一样高贵。在他们中间的是：求婚者们。

奥德修斯和牧猪人度过了一个美妙的不眠夜。二人相互讲故事给对方听。在以后的两千五百年中，人们仍将继续编故事。用现在的话讲，就是小说。奥德修斯撒起谎来眼睛都不眨一下。他描绘着史诗般的故事，隐瞒了身份，一副大言不惭的模样。

后来，受雅典娜指示的忒勒玛科斯，从斯巴达返回，去了欧迈俄斯家里。雅典娜操控着她的棋子，严密部署。

奥德修斯之子没有认出装成乞丐的父亲，更没有看见雅典娜。

因为神祇不会对所有的凡人露形，这样显真。

（《奥德赛》，第十六卷，161行）

荷马提醒道。多真实的写照啊！有人能识别神迹，有人则视而不见。因而荷马指出，命运面前并非人人平等。有人受上天眷顾，有人却没有；有人能在罅隙中看见神迹的光芒，有人却没有这样的慧眼；有人可以窥破现实的奥秘，有人只满足于眼见的一切。

忒勒玛科斯最终认出了父亲。特洛伊战争的斗士和儿子泪如泉涌。他们一起完成计划的制定。二人将干掉厮混高傲的求婚群伙（《奥德赛》，第十六卷，271 行）。奥德修斯向其子保证定会成功，于是忒勒玛科斯不再犹豫不定。

> 我想你会看到我的豪情，父亲，在那个
>
> 时分，我的心志崩紧，不会放松。
>
> （《奥德赛》，第十六卷，309—310 行）

此刻，他长成大人，不再需要西格蒙德·弗洛伊德的精神分析便走出了少年的烦恼。

眼下，不能让珀涅罗珀知晓丈夫归来的讯息。她只听说爱子归来。求婚者们沮丧不已，他们的阴谋以失败告终。对于他们，天空已然暗沉。四时有序，万物有常，终有一日，背叛者注定付出代价。

收复之日

　　收复河山的大幕拉开了。宫殿将变成伸张正义的舞台。正义将通过武力去重建。我们看到了那些自以为是、粗俗卑鄙的求婚者。荷马经常绘声绘色地描写"这些无礼、烦人的喧闹"。这群卑鄙之徒是不是看着很眼熟？这是随处可见的野心和平庸的写照。他们坚信自己理所应该，喧闹和卑鄙行径如出一辙。在两千五百年后，世界上所有民众都意识到了群体的危害性和他们为了表明自己胜利了的嘈杂声是成正比的。

　　一次次地，奥德修斯被求婚者嘲笑，被他们的头目——安提诺俄斯欺侮，被女仆辱骂，被求婚者奚落，甚至被另一个乞丐攻击。

　　在这个错综复杂、无法预料的神话世界中，等级并不决定价值。王子和乞丐都可以表现出同样的平庸或同样的

117

美德。人不是天生就知道礼义廉耻，仆人也不一定是无辜的代名词，同样贵族也不是都有高贵的灵魂。荷马的世界不是本质主义的世界，它同现实一样，是驳杂交错的。

甚至珀涅罗珀也没认出破衣烂衫下她朝思暮想的国王。二十年过去了，雅典娜化装的技术已经出神入化，奥德修斯不可能被揭穿真面目。忠贞的珀涅罗珀也不过是因为听到乞丐如此细致地追忆她的丈夫而感到无比激动。她宁愿相信他还活着，但所有人却都希望他已经死了。

老猎狗阿尔戈斯（Argos）认出了它的主人，激动不已，惊愕万分。一个女仆给这位乞丐洗脚的时候，发现了与她的主人一样的伤疤，那是主人打猎受伤后在脚上留下的。一个牧猪人，一条狗，一个女仆：荷马为主人的回来营造了一种无比淳朴的礼遇，毫不在意他们的社会地位。他们终将胜利，因为他们站在正义和秩序这边。荷马在渲染这场发动底层人反抗的序幕时，充满了传奇色彩。

求婚者们再次要求珀涅罗珀必须作出决定，他们向她施压。这帮傲慢无礼之徒！她被强迫从中挑选出一人做丈夫。她的织布把戏被人揭穿。我们都知道这个故事，它已经成了世界历史上女性智慧的典范。很长一段时间，白天，她假装忙于织布，承诺等布织好就选一位夫婿，夜晚却偷偷地在宫殿将织物拆掉。

雅典娜授意珀涅罗珀进行弯弓招亲，胜出之人就能获得迎娶她的资格。

> 听我说，你等高傲的求婚人！你们一直赖在宫里，
>
> 不停地吃喝，没完没了，虽说
>
> 此乃另一个人的财产，他已久离家园。
>
> 你们说不出别的理由，别的借口，
>
> 只凭你们的意愿，让我嫁人，做你们的妻伴。
>
> 这样吧，求婚的人们，既然赏礼有了，
>
> 我将拿出神样的奥德修斯的长弓。
>
> （《奥德赛》，第二十一卷，68—74行）

求婚者认为这是对他们的耐心付出的奖赏，实际上却为他们敲响了命运的丧钟，一场关于弯弓招亲的屠戮开始了。

读者心知肚明，因为诗人已经说过了，那就和众神一起等着好戏开场吧。对求婚的竞争对手而言，他们需要拉开奥德修斯的弓并一箭射穿放在地上的十二把斧头。

忒勒玛科斯开始试拉弓箭，在乔装的父亲奥德修斯的

示意之下，他以失败告终。那些求婚者也没有射中，因为他们的力量远远不够。奥德修斯向牧猪人欧迈俄斯坦露身份，并向他发号指令。他们关闭殿门，瓮中捉鳖，取出仓库中的武器，依计行事。

之后，奥德修斯在背叛者的嘲讽之下拿起长弓，搭箭上弦，一箭射穿斧头，取得胜利。

赫拉克利特①写道："弓与生同名，作用却是死。"对于古代男人和我们当中的某些人而言，弓富有哲学意义。它是战神阿波罗手中的武器。诗人俄耳甫斯②把竖琴当作和平之弓……长弓与竖琴：一为恢复秩序，一为拨弦弹唱。在赫拉克利特看来，弓象征着对立的统一。在奥德修斯看来，弓表明了一种朝着目标前进、在外艰辛历险二十年永不偏离目标的渴求。奥德修斯不是永生回归之人，而是迫切还乡之人。

求婚者们惊诧不已，这个乞丐竟然赢得了比试。

---

① 赫拉克利特（Héraclite，前544—前480），哲学家，爱菲斯学派的代表人物。著有《论自然》一书，现有残篇留存。
② 俄耳甫斯（Orphée），又译奥尔菲、奥菲斯。善弹竖琴，其父是太阳神阿波罗，其母是司管文艺的缪斯女神卡利俄帕。

谁会设想，当着众多宴食的人们，

有哪个大胆的人儿，尽管十分强健，

能给他送来乌黑的命运，邪毒的死难？

（《奥德赛》，第二十二卷，12—14行）

奥德修斯扯去身上的破衣烂衫，跳上硕大的门槛，手握射弓和袋壶，满装着羽箭（《奥德赛》，第二十二卷，2—3行）。

诗歌的长篇叙述中总时不时地穿插暴力的场面。《奥赛德》是一部一波三折的海上历险之作，所有情节都是为奥德修斯最后射出的复仇之箭做铺垫。像电影一样，荷马加速了情节的发展：他付诸行动。狂欢的宫殿变成了行刑台。对背信弃义者来说，节庆已落下帷幕。

狂暴的奥德修斯和忒勒玛科斯逐个消灭谋权篡位者，他们从这帮求婚者的领头人安提诺俄斯开始下手，后者被一箭射中了脑袋。

荷马再现了《伊利亚特》中描写杀戮的艺术手法。读者朋友们，一个细节都没有遗漏。但是让孩子们离这个场面远点儿！要相信特洛伊人因残暴而成为罪人的故事正在重演。地上人头滚滚。

荷马向我们描写了墨朗西俄斯①所受的酷刑。女仆们也无一幸免。

后者发出撕心裂肺的号叫，倒在这边那边，
官居里人头破碎，地面上血水横流。

（《奥德赛》，第二十二卷，308—309行）

其中一位求婚者琉得斯②冲过来，扑倒在地，抱住奥德修斯的膝盖哀求。然而，奥德修斯还是割了他的喉咙。在这里，我们要建议那些想给自己的孩子取名奥德修斯（我认为这个名字很受欢迎）的父母三思而后行。英雄可不会心慈手软。

是狂妄真的回归了吗？荷马描写的不是暴虐而是一位"死神"的形象。值得注意的是，现时的惩恶扬善与邪恶的暴力不是一回事。在古代思想中，背叛被看作最严重的罪恶之一。总而言之，奥德修斯只是在神的庇佑下恢复秩序。这跟阿喀琉斯和狄俄墨得斯的狂暴毫无可比性。

---

① 墨朗西俄斯（Mélanthée），多利俄斯之子，牧羊人，在奥德修斯威震厅堂、屠戮求婚者时，他为求婚者们偷来武器，最后得到惩罚，被忒勒玛科斯等人肢解。
② 琉得斯（Léiôdès），求婚人，俄伊诺普斯之子，最后被奥德修斯所杀。

重建的温柔

随后就是奥德修斯和珀涅罗珀的夫妻重聚之夜。时光流逝并未使美人迟暮，也未削减他对妻子的热情。《奥德赛》不惧时光的侵蚀。奥德修斯对珀涅罗珀诉说自己经历的一切磨难。那些画面一一呈现于眼前：险遇妖魔和女巫，遭受狂风暴雨的侵袭，下地狱打探回归故土的道路①，抵抗女仙塞壬美妙歌声的诱惑以及在太阳神岛上发生的惨剧。奥德修斯消失的数年就浓缩在寥寥几行诗句之中。这样的情节是滑稽可笑的。您能想象一个与妻子分别数十年的男人，重返故土后竟然就给出这样的理由吗？"抱歉，亲爱的，我被一个基克洛普斯人困在洞穴中了。"即使是乔治·

---

① 在女巫喀耳刻的建议下，奥德修斯去哈迪斯掌管的冥界，寻找盲人先知忒瑞西阿斯的灵魂，向其打探为返回伊萨卡还需经历多少艰难险阻。

费多①也不敢这么写。

珀涅罗珀听着奥德修斯的叙述。妻子也许不相信他说的话！这可能是降临在奥德修斯身上的又一个厄运。从奥斯维辛集中营死里逃生返乡后的普里莫·莱维②曾经的噩梦之一，就是害怕没有人相信他的故事。夏倍上校③在埃劳（Eylau）战役中幸存下来，返回故土时，一切都已发生了翻天覆地的变化，和他离开时的情景完全不同，这让他郁郁寡欢。而奥德修斯重返故土时，虽然王国充斥着篡权阴谋，但世界和他离开时别无二致。历史的车轮缓慢向前，因此复兴是有可能的。

奥德修斯不接受权力易手。他丝毫不会为21世纪的这句套话所惑，"世界在改变，我们必须接受！"在古代思想

---

① 乔治·费多（Georges Feydeau, 1862—1921），法国著名剧作家、画家、艺术品收藏家，尤其擅长写滑稽剧。

② 普里莫·莱维（Primo Levi, 1919—1987），意大利化学家、作家。他是奥斯维辛幸存者，写了一系列以集中营生活为主题的作品。由于其作品所描绘的骇人之极的暴行与战后身心遭受重创的人们重建文明秩序的希望相悖，因而在出版之前就遭遇阻碍。

③ 夏倍上校是巴尔扎克短篇小说《夏倍上校》中的主人公。在拿破仑一世和第四次反法同盟在东普鲁士境内发动的埃劳战役中，夏倍上校幸存下来。数年后，他返回巴黎，但无法证明自己过去的身份，最后被妻子残忍背叛，失去一切，成了收容所里一个疯癫的老头。

124

中，人们不会用汉娜·阿伦特①所说的"必须跟上时代步伐"来苛求自己。

奥德修斯和珀涅罗珀的重逢之夜以一种诙谐的方式告诉我们，《奥德赛》虽只是关于男人的一系列历险，但这种种险阻又是由女人挑起的。她们隐藏在银幕后控制一切。珀涅罗珀的织物不正是象征着我们命运的织布吗？织与拆意味着命运的跌宕起伏。奥德修斯得到雅典娜的帮助，卡吕普索将他困在她的岛上，珀涅罗珀和图谋不轨者保持距离。海伦是引发特洛伊战争的导火索，女巫们设下圈套，海神波塞冬和大地女神该亚②骇人的女儿们——如卡律布狄斯和斯库拉——夺走了水手的生命。男人认为自己经历了一系列冒险，实际上却是女人在操控一切。既然女人胜过男人一筹，她们昏了头才会要求和男人平起平坐。

奥德修斯本可以在卡吕普索那里获得永生（她能隐藏时间）、在喀耳刻或在落拓枣族人那里忘却时间，但他更愿回到凡间，继续迈向死亡的人生旅途，继续拥有记忆。因

---

① 汉娜·阿伦特（Hannah Arendt, 1906—1975），德国犹太人，20世纪重要的政治理论家之一。著有《极权主义的起源》《人的条件》《精神生活》等。
② 该亚（Gaïa），希腊神话中的超原始神，众神之母。

为卡吕普索给予的永生意味着遗忘，然而与珀涅罗珀共度的夜晚让他重振旗鼓，决心驾驭命运。奥德修斯找回了时间，阿尔贝蒂娜①没有消失不见。

> 你我二人，我的夫人，已历经磨炼，
> 你在家中，哭念我的充满艰险的回归，
> 而我则受到宙斯和其他神明的中阻，
> 强忍痛苦，不能回返家乡，尽管我急切地盼望。
> 现在，你我已在情欲的睡床中卧躺，
> 你可照看我的财产，收藏在我的官房。
> 至于我的羊群，它们已惨遭骄蛮的求婚人涂炭，
> 我将通过掠劫弥补，补足大部损失，
> 其余的将由阿开亚人给予，把我的羊圈填满。
> 但眼下，我将去果树成林的农庄，
> 探视高贵的父亲，老人常常为我的不归痛心悲伤。

（《奥德赛》，第二十三卷，350—360行）

---

① 阿尔贝蒂娜（Albertine），普鲁斯特《追忆似水年华》中的人物，小说叙述者之妻，她意欲分手，离家出走，然不幸坠马而亡。此外，小说的第六部名为《女逃亡者》（*Albertine disparue*），直译为"消失的阿尔贝蒂娜"。

他"高贵的父亲"……在诗的结尾，奥德修斯表达了心中强烈的牵挂——与父亲重续亲情。每个人必定有其来处。奥德修斯最后的使命是与父亲相认。他夺回了属于自己的空间——伊萨卡岛。他该和时间再次建立联系了，即重续父子之情。古人认为，我们属于某个地方、某个人。现代思想尚未让个人主义一统天下，个人主义的教条会把我们变成自我生成的单子①，无根亦无后。

家乡是最可爱的地方

父母是最贴心的亲人

（《奥德赛》，第九卷，34—35 行）

奥德修斯对珀涅罗珀如是说。

现在，他达成所愿，与自己的老父亲相认。

难道不正是他讲述了关于十三棵梨树、十棵苹果树和四十棵无花果树（《奥德赛》，第二十四卷，340—341 行）

----

① 单子，哲学术语，标志存在的结构与实体的单元，构成万物的最小单位或基础，不可分割。

的往事，拉厄耳忒斯①才打消疑虑，相信他是自己的儿子？
难道不正是他道出了那张用橄榄树做成的夫妻睡床的奥秘，
珀涅罗珀才确定他是自己的丈夫？

因此，荷马笔下的这些树木象征着对真相的确认。

栽种之物不会说谎。

---

① 拉厄耳忒斯（Laërte），又译莱耳忒斯，希腊神话人物，伊萨卡岛国王，奥德修
斯与克提墨的父亲。

平静的希冀

　　我们是否可以这样认为，奥德修斯从此重获美满人生？哲学家扬科列维奇在《不可逆转与怀旧》（*L'Irréversible et la Nostalgie*）中则认为不尽然。在他看来，归乡的奥德修斯并不心满意足。忒瑞西阿斯曾对奥德修斯预言，对出发历险的热爱会让这位受到诅咒的游子的内心永远得不到安宁。

　　"除了关心岛国和富庶岛民的幸福，奥德修斯心中还有什么可忧虑的呢？"扬科列维奇不甘心让奥德修斯圆满归乡，这是否也是他本人自身的苦恼、纠结和痛楚呢？

　　史诗落幕。

　　那帮求婚者被打入地狱。雅典娜在宙斯的旨意下，平息了伊萨卡人的暴动。想想！战争一触即发！女神雅典娜此时带来和平，终不负众神的期望。秩序恢复，"过往"重现，一片祥和，《奥德赛》就此落下帷幕。

奥德修斯的胜利在于：先恢复昔日的景象，再去期许"未来"。最后，《奥德赛》以"永久的誓约"一词结尾。这是宙斯向雅典娜耳提面命的策略，用来平息凡人之间的纷争：

我等可使他们忘却兄弟和儿子的死亡，

互相间重建友谊，像在过去的岁月；

让他们欣享和平，生活富足美满。

（《奥德赛》，第二十四卷，484—486行）

就这样，宙斯恢复了古老的秩序，荷马则指出一个对个人和社会都十分有益的美德：忘却。

如果一个人沉浸在悲伤中，他会被自己的阴郁所腐蚀。社群之间也是如此：如果他们总是生活在纷争中，并不断要求各自悔改，那么人与人之间就不会和谐。

只有当奥德修斯完成给波塞冬的最后一次献祭时，他才可以安享幸福。

他向妻子珀涅罗珀再次提起忒瑞西阿斯的预言：

将来，死亡会从远海袭来，

以极其温柔的形式，值我衰疲的岁月，

富有、舒适的晚年；我的人民将享过

幸福美满的生活。这一切，他说，将来都会成为现状。

（《奥德赛》，第二十三卷，281—284行）

我们却未能看到如此安享幸福的奥德修斯。

现在，让我们回到伊萨卡岛的海岸上。在这里，我们见证了或许是最为动人的一种自愈：漂泊男儿靠岸归乡，修补了破碎的心灵。

昔日秩序因人为傲慢而毁于一旦，又在英雄的手中得到恢复。对世界和谐的冒犯之过有望得到救赎。

多亏了奥德修斯，《伊利亚特》中的种种事迹，这场人类在狂怒中挑起的战争，牵涉到诸神、大火、洪水甚至是整个宇宙的战争逐渐被遗忘了。奥德修斯为此做出了艰苦卓绝的抗争，毕竟人间无易事，无论是获得财富还是权力。

读罢《伊利亚特》和《奥德赛》，我们也许会记得战争的火焰还未熄灭，仍有火苗潜在，并随时准备复燃。安于和平现状，高枕无忧，可非明智之举。

历经两千多年的史诗读来仿佛是昨日写就，这该作何解释？夏尔·佩吉①曾这样评述这部奇作："荷马是历久弥新的，或许没有什么会比今早的报纸还要过时的了。"②

千年后，人们还会阅读荷马，而如今，我们可以从他的史诗中获得启发，去理解 21 世纪初引起世界动荡的各种变化。阿喀琉斯、赫克托耳和奥德修斯的故事带给我们的启发远比那些专家学者的分析更加深刻，那些人总是给出一些令人费解的说法，通过各种复杂玄乎的说辞搞得人们一头雾水，以此来掩盖他们的无知。

而荷马，致力于挖掘人类灵魂中永恒不变的东西。

换掉头盔，换掉制服，用履带坦克替换马匹，用潜艇代替帆船，用玻璃大楼取代城墙。除此之外，其余都大同小异。爱情与仇恨，权力与臣服，归乡的渴望，认可与遗忘，诱惑与忠贞，好奇与勇敢。人类的大地上其实什么都没改变。

众神也都改头换面了，人类的武器更加先进，人丁不断繁衍，地球变得越来越小了。

---

① 夏尔·佩吉（Charles Péguy, 1873—1914），法国诗人、作家，诗作有《第二种德行的神秘门》《神圣的老实人的神秘》《夏娃》等。
②《关于柏格森及其哲学思想的注释》（*Notes sur M. Bergson et la philosophie bergsonienne*, 1914）。——作者注

但是，我们每个人心中都有一个像伊萨卡岛一样的地方，我们时而渴望再次征服它，时而渴望重返故土，而大多数时候则是希望守卫那片土地。

大家都在各自的特洛伊平原上遭受着新的威胁和袭击。特洛伊可以指代任何地方，四周时常有神明埋伏着，随时准备发起进攻。但这并不意味着人类受到了诅咒，注定要抗争一世，而只是意味着历史尚未终结。

阅读《荷马史诗》可能会促使我们不惜一切代价地遵守《奥德赛》结尾中的"永恒的誓约"，避免再次唤醒阿喀琉斯的愤怒。

愿有着猫头鹰一样灰眼睛的女神雅典娜，还有各位缪斯和神明能为你指点迷津，启发你做出正确的选择。是时候重新扬帆起航了，避开女巫，前往别处或返回故乡。

英雄和人

类型和形象

当我们乘着荷马的诗歌漂游，一些奇幻的词语回荡在耳边，它们如同遗忘之花一般美妙：光荣、勇气、胆识、热情、命运、力量与荣誉。它们尚未被受到管控的新语[①]使用者所禁用。但这是迟早的事。

我们要用战斗迎来自救的曙光，松懈拖怠意味着死亡。

（《伊利亚特》，第十五卷，第 741 行）

荷马借一位勇士之口说出此话。

在一个崇尚个人安逸与集体安全的社会中，这般不合

[①] 新语（novlangue），也译为新话，是乔治·奥威尔的小说《一九八四》中设想的新人工语言，被形容为"世间唯一会逐年减少词汇的语言"。

时宜的观点能有何立足之地？它们会永远被束之高阁吗？

"古代的语言即死语言"，人们经常听到这种说法。这些表达也是如此吗？

最糟糕的是，其中一词似乎早已被遗忘在地壳深处了，那就是：英雄主义。在诗歌中，它是主宰。

《伊利亚特》与《奥德赛》是超越之作。

在令人眩晕的战斗中，在倾淌的泪水与神的食物中，在城墙上的高谈阔论里，在密室的声声低吟中，在人类有赖于神恩、众神取乐于人类趣事而相爱时，在魔鬼聚集的洞穴深处，抑或在仙女嬉戏的海滩上，无不矗立着一个永恒的形象：英雄。

它玄秘的力量滋养着欧洲文化。

它继续映照出我们的集体无意识。

每个时代都会出现新的英雄，他代表着那个时代的价值。

永恒的形象因此成为一种社会角色类型。

这个带着武器的男人，他是谁？他只有用自己的利剑和谋略对抗世人的恐惧、生活的悲剧和吉凶未卜的日子。这位特洛伊平原上的人物还能给我们带来启迪吗？还是让我们憎恶？他是一个陌生人，一个兄弟？他有什么东西可以教给我们吗，教给已经把古代的美德换成对舒适生活的向往的我们？

　　"繁荣"和"舒适"，这是我们这个时代其貌不扬的新英雄马克·扎克伯格所指明的前景。这位创造了那喀索斯①水泽数字版（即他们所说的"脸书"）的人在哈佛大学学生面前演讲时就鼓吹这两大人生目标。本该用汉娜·阿伦特的分析来反驳这位兜售数据新奇玩意的商人。在汉娜·阿伦特看来，每个人都能从荷马笔下的英雄那里获益。英雄是一个参照，是一种特定道德的化身，是可以用来衡量我们的灵魂有多高尚的标准。根据自身喜好，每个人都可以在这个或者那个英雄身上认出自己的影子。崇尚武力的人倾向于埃阿斯，贵族式的温和派倾向于赫克托耳，谋略家们会选奥德修斯，歌颂父爱的人会选普里阿摩斯，勇猛但莽撞的人倾向于帕特洛克罗斯。而我，一个把自己的部分生命花在喝酒而剩下部分用来爬楼的人，在厄尔皮诺②身上看到了自己，他因酒后攀爬喀耳刻的梯子而摔死了。

―――――――――――――

① 那喀索斯（Narcisse），希腊神话人物，对自己在水中的倒影产生爱情、憔悴而死的美少年，死后变为水仙花，因此这个名字成了自恋的代名词。
② 厄尔皮诺（Élpénor），奥德修斯的手下，在喀耳刻女巫的岛上从高处跌落身亡。

我们之所以在这些古希腊人物身上找到认同感，是因为他们中间没有一个人是完美的。只尊遥不可及又抽象的上帝为唯一神祇的时代在那时还未到来。人们当时生活在一个神祇会犯错但讨人喜欢的年代，因为众神在自己的深渊边缘跳舞。

古希腊人很喜欢实话实说，甚至对神祇身上的缺点也不放过。众神难逃荷马批判的眼睛。例如，阿芙洛狄忒和雅典娜就表现出了会像比雷埃夫斯（Pirée）的两个泼妇一样互揪发髻的一面。

在最灿烂的光辉中也总是闪耀着事物的缺陷。

这让人读起荷马的作品来倍感亲切。

力与美

　　荷马史诗中的英雄以力量为特色。强大的力量便是他高贵的象征，能助其战斗与实现目标。在荷马的世界里，没有力量就没有胜利。在此情况下，唯有神的意愿能起作用。英雄如野兽般行进，他就是为战争和运动而生的。

　　但是，这种因高贵出身或通过艰苦卓绝的抗争获得的力量是如此珍贵，以至于不敢将它轻易浪费。在《伊利亚特》开篇，阿喀琉斯的怒火使其陷入不满，最终被悲伤围绕。他将从因荣誉受辱而赌气转为真正的狂怒。阿喀琉斯不能在众神前自称真正的英雄，尽管他是半神，但他的过分与面对战争的推脱搪塞都不能令其成为人们的典范。

　　英雄乐于吹嘘其暴行并不罕见，尽管可能在自吹自擂后，他便会被长矛击中而倒下。在古代，盲目的武力并非缺点！而如今，这种力量令人惴惴不安，它被道德谴责，被文化蔑视，被法律制裁。

> "振作起来，心胸豪壮的特洛伊人，捶鞭骏马的勇士！
> 瞧，阿开亚人中最好的战勇已被我击中，吃着强劲的箭力；
> 我想此人危在旦夕，倘若真是王者
> 阿波罗，宙斯之子，催我从鲁基亚赶来，参加会战！"
>
> （《伊利亚特》，第五卷，102—105 行）

在射中狄俄墨得斯之后，鲁卡昂①的儿子如此这般高声喊道。

而赫克托耳也向埃阿斯大言不惭道：

> 我谙熟格战的门道，杀人是我精通的绝活。
> 我知道如何左右抵挡，用牛皮坚韧的
> 战盾，此乃防身的高招。
> 我知道如何驾着快马，杀入飞跑的车阵；

———————————

① 鲁卡昂（Lycaon），又译吕卡昂、吕卡翁，特洛伊国王普里阿摩斯之子，其子潘达罗斯（Pandarus）在特洛伊战争中为特洛伊的将领，被誉为第一神箭手。

我知道如何攻战，荡开战神透着杀气的舞步。

（《伊利亚特》，第七卷，237—241行）

除了力量，荷马的英雄还拥有英俊的容貌，其英勇无畏与非凡样貌成正比。希腊人在体力、道德价值和完美面孔之间建立起了联系。如英俊而勇敢[①]这一表达便论证了在美貌之下产生的力量和气势。人的容貌实则是其内心是否平衡的反映。一个人若容貌俊美，依照逻辑，他也会骁勇有力。你大可去问问豹子、老虎、狮子，它们绝不会反驳你。

赫克托耳指责帕里斯不愿与墨涅拉俄斯决斗。这位年轻男子的俊美也不能理所当然地掩盖他的无能。

可恶的帕里斯，仪表堂皇的公子哥，勾引拐骗的女人迷！

……

长发的阿开亚人正在放声大笑，

以为你是我们这边最好的战勇，只因你

---

① 原文为古希腊语 kalos kagathos，意为"英俊而勇敢"，是古希腊文学（包括哲学和史学）中惯用的短语。前一个词意为"美丽"，后一个词意为"善良"，泛指拥有美德，如英勇。该表达体现了对身体美和灵魂美实现平衡的追求。

相貌俊美，但你生性怯弱，缺乏勇气。

……

那时，你的竖琴可就帮不了你的忙；

当你抱着泥尘打滚时，阿芙洛狄忒馈赠的

漂亮的发绺和俊美都将成为无用的废物。

（《伊利亚特》，第三卷，39—55行）

遗忘和名声

希腊英雄们最重要的事情就是铸就自己的名声。倘若后人能把他们的名字印在脑海里，那么死亡对他们而言，也会是一件甘之如饴的事情。所有希腊人都信奉生命荒谬这一观点，他们认为：我们在不自知中出生，我们一刻不停地走向死亡，我们的人生不过须臾一瞬。在虚无的原点与未知的目的地之间，我们其实并没有太多时间做出一番惊天动地的事业，经历幸福美满的生活，轰轰烈烈地走向死亡。

在这种情况下，要让后世铭记，最快捷的方式莫过于留下光荣的事迹。

某种程度上，荷马实现了希腊人的部分愿望：尽管民主政体的管理者们费尽心思阻断希腊神话的延续，但时至今日我们仍在谈论埃阿斯、狄俄墨得斯、阿喀琉斯和墨涅拉俄斯。这些英雄与我们同在，他们就在我们身边。通过荷马笔下优美的文字，他们没有被世人遗忘。

> 但是，我不能窝窝囊囊地死去，不做一番挣扎。
> 不，我要打出个壮伟的局面，使后人都能听诵我的英豪！
>
> （《伊利亚特》，第二十二卷，304—305 行）

赫克托耳在与阿喀琉斯决斗之际道出这样的祈求。不管怎样，赫克托耳可谓是希腊神话里最有人情味的英雄了，也是最理智、最能明白如何过凡人这一生的英雄。我想，赫克托耳在决斗前的祈祷最终还是被人们听见了的，因为我相信我的读者里肯定有不少人的名字是赫克托耳。这些有英雄之名的读者中，第一个看到这段文字并写信给赤道出版社（Équateurs）——巴黎五区哈尔佩街三十五号——的人，我们将给他邮寄一本在观点出版社/瑟伊出版社出版的菲利普·布吕内翻译的《伊利亚特》作为赠礼。

如果希腊人最大的野心是成为后世的集体记忆，名垂千古，那么相应的烦恼就是如何对抗遗忘。至此，对他们而言，死亡也无足轻重，因为它终将来临。战争也无关紧要，因为人类终究无法回避。牺牲也无足轻重，因为最终都可接受（海伦就是最好的例证）。身体蒙受的苦难也无足挂齿，因为这是每个人不可摆脱的命运。希腊人担心的，只是寂寂无名。遭遇海难、殒命大海则是最糟糕的归宿。因为大海吞噬你，给你的肉体披上一层不可名状的薄纱。

希腊式的英雄主义绝不满足于制作一种戏剧效果，他们渴望的是记忆的永恒。无法延续的一瞬荣光最终也不过是虚无中的一声闷响。

当忒勒玛科斯遇到涅斯托尔，他请求这位前辈和他讲讲父亲奥德修斯的故事。作为前特洛伊战争的勇士，涅斯托尔向忒勒玛科斯传授了成功人生的秘诀：

你也一样，亲爱的朋友，

我看你身材高大，器宇轩昂——

勇敢些，留下英名，让后人称赞。

（《奥德赛》，第三卷，199—200行）

珀涅罗珀对于儿子在寂寂无名中丧命的恐惧甚至超过了儿子死去这件事情本身。

现在，风暴又卷走我亲爱的儿子，

从我的房居，不留只言片语

（《奥德赛》，第四卷，727—728行）

甚至雅典娜也掺合进来，让忒勒玛科斯打起精神摆脱幼稚的浑浑噩噩：

不要再抱住儿时的一切，你已不是小孩。
难道你不曾听说了不起的俄瑞斯忒斯，
人世间煊赫的英名，杀除弑父的凶手，
奸诈的埃癸斯托斯，曾把他光荣的父亲谋害？

（《奥德赛》，第一卷，296—300行）

汉娜·阿伦特认为，名声，即希腊语的kleos，赋予了人们通过将自己的名字刻在全人类记忆中最明显位置的方式赢得众人膜拜的可能性，像神那样。因此，《伊利亚特》大屠杀的场面、文学中英勇的壮举，也拥有了无限珍贵的价值。它们让战争的受害者摆脱了当下的愚蠢、人类状况的荒谬以及生存的脆弱。铠甲之下只有一条准则：要把这些战士牢记心上。

托付给记忆

比起被历史遗忘，更糟糕的是忘了自己是谁。奥德修斯试图躲避引诱他偏离回乡之路的生灵、怪物和女仙。《奥德赛》就是一曲逃离之歌。逃离想要把他变成神的卡吕普索（他将会忘记自己是个凡人）的怀抱，逃离会让人失忆的落拓枣族人（他将会忘记人类承受的痛苦），逃离用歌声迷惑人类的塞壬女仙（他将忘记人类要懂得自我克制），以及将情人变成动物的喀耳刻（他将忘记一切，甚至是自己的样貌）。

《奥德赛》中的一个片段展现了他的此番经历是如何在世人记忆中流传的。奥德修斯得到了法伊阿基亚国王的宴请款待。游吟诗人讲述了关于英雄对抗阿喀琉斯的事迹。奥德修斯从这位诗人口中听到自己的故事。希腊人刚刚创造了文学！因为文学就是描述那些不在眼前的人和事。奥德修斯已然家喻户晓。他渡过了遗忘的河流，走进了历史的记忆。在群星璀璨的宇宙中永远都会有他的位置，他像日月星辰一样不朽。

后来，古希腊人找到了永垂不朽的办法，那就是建造城市、创造艺术作品，他们希望创建无懈可击的政治和法律体系。亚洲的某些传统文化崇尚轮回转世的神话，让人类的存在不再只是过眼烟云。犹太教和基督教的一神论传说认为任何人，即使是最平凡的人，都有资格进入天堂，这治愈了凡俗之人的焦虑。"虚心的人有福了，因为天国是他们的。""天国八福"里的这句话与希腊英雄主义的信条南辕北辙。

在现代，英雄不再像奥德修斯那样。已经发展了两千多年、近来推崇平等主义哲学的基督教吹捧的是弱者而不是战勇。社会也量身打造了这样的英雄。在 21 世纪的西方，受到讴歌的是移民，是一家之主，是受害者，是穷人。如果在 2018 年，阿开亚人驾着战车出现在巴黎，那他一定会遭到逮捕。没有什么比英雄的形象流传得更久，也没有什么比再世英雄更昙花一现。

汉娜·阿伦特痴迷于历史，痴迷于将人类的事迹镌刻在时间的丰碑上。她在《过去与未来之间》（*Between Past and Future*）中用了旗帜鲜明的几行字向希腊人的选择致敬："然而，如果终有一死的人类能够成功地赋予他们的作品、行动和言语某些意义，去除它们容易磨灭的一面，那么至少在一定程度上说明了这些事物可以深入人心并永存世间，而人类在宇宙中也能找到自己的位置。万物皆不朽，除了人类。人类所能成就的就是记忆。"

这些话在注重当下的时代听起来很奇怪。活在当下的信条和想让自己的事迹流芳百世的愿望背道而驰。古希腊人不同于扎克伯格时代的人类。他不想像贴在挡风玻璃上的虫子一样趴在屏幕前。社交网络是个"阅后即焚"的系统，一经发布，图片就被淡忘了。万维网（World Wide Web）这个新怪物推翻了不朽原则。到处充斥着刷存在感的幻觉，人们被数字矩阵这个大胃袋所吞噬。没有一个希腊英雄需要一个网站，他宁愿发战书也不要发帖。

在我们看来，这个摩拳擦掌要为自己的荣耀而大肆掠夺的希腊人是个怪物。在 20 世纪的西方世界，英雄主义仍有合乎福音的价值，即为了他人他物奉献自己的生命。到了 21 世纪，西方英雄主义则以柔弱示人。任何声称遭受压迫之苦的人皆为英雄。成为受害者是当今英雄的野心！

成为人中之翘楚是荷马笔下英雄的目标。

人人皆不俗则是被现代民主制度世俗化的天主教信条。

计谋与口才

拥有猛兽般的力量并不是英雄的唯一特征。还有另一种美德，那就是智慧和口才的混搭。奥德修斯让出席法伊阿基亚人宴席的年轻王子欧律阿勒（Euryale）碰了一鼻子灰：

神明不会把珍贵的礼物统赐凡人，

无论是体形、智慧，还是口才

有人相貌平庸，长相一般，

却能言善辩，使人见后

心情舒甜；他雄辩滔滔，不打顿儿，

和颜悦色，平稳谦逊，展现在会聚的民众前；

人们望着他穿行城里，仿佛眼见神仙。

另有人相貌堂堂，像不死的神，

但出言平俗，没有文饰雅典。

（《奥德赛》，第八卷，167—175 行）

是的，在敌军中拔刀厮杀不足以塑造一个英雄。还要懂得如何鼓动人心。

奥德修斯不仅有强壮的肌肉，他还有聪明的才智。他用双重话语戳穿了陷阱。作为首席外交官，他会毫不犹豫地撒谎，伪装自己，玩弄各种计谋。

他将从这种肌肉和精神的双重魅力中汲取英雄气概。诡计这种才能通常会得到众神，特别是雅典娜的恩典。雅典娜对奥德修斯有着慈母一般的感情。

当奥德修斯在伊萨卡岛登陆并遇到化身为牧羊人的雅典娜时，我们的英雄仍然不想透露自己的身份。他撒起谎来轻松自如，"脑子里总是有很多妙计"。而这位女神对这位"坚忍的英雄"、精通伪装之术的大师的慈爱之中也不乏一丝嘲讽：

此君必得十分诡谲狡诈，方能胜过
你的心计，哪怕他是一位神明，和你会面。
顽偶的汉子，诡计多端，喜诈不疲，即便在

自己的国土，亦不愿停止巧用舌尖，用

瞎编的故事哄骗，如此这般，是你的本性再现。

好了，让我们中止此番戏谈；你我都谙熟

精辩的门槛。你是凡人中远为杰出的

辩才，能说会道，而在神祇中，

我亦以智巧和聪灵闻传。

（《奥德赛》，第十三卷，291—299 行）

对世界好奇

奥德修斯给英雄的箭筒里添上最后一种美德：好奇。

危机中能够采取果断措施定义了欧洲精神。希腊人将卡伊洛斯①命名为一种在恰当时间抓住时机、做出明确决定的艺术。戈迪亚斯（Gordes）的居民给亚历山大大帝呈上一个绳结②。这位马其顿皇帝拔出利剑，毫不犹豫地砍断了绳结。这也成了最能体现他决断力的一件事。

---

① 卡伊洛斯（Kairos），古希腊中的超原始神，是超越一切的存在。
② 戈迪亚斯之结，也称所罗门王结或高尔丁死结。据传公元前 323 年，亚历山大大帝进兵亚细亚，在一座小城听闻一个预言：几百年前，戈迪亚斯王在其牛车上系了一个复杂的绳结，并宣告谁能解开它，谁就会成为亚细亚王。自此以后，很多的人争相去解，但复杂的结让人无从下手，连头都找不到。亚历山大兴致顿生，命人带他去看这个神秘之结。看完后，素以作战迅速、绝不拖泥带水的战争之王亚历山大想到以自己的方式来解开此结，于是拔出随身配剑，把结一劈为二，百年死结就这样解开了。

155

除了在如毒药般的犹豫不决中果断挥剑这一智慧之外，另一种美德也镌刻在欧洲精神之中。它在奥德修斯身上得以体现，我们可以称之为：求知若渴。奥德修斯不只是队伍的领导者、坚定的演说家、女仙的情人或忠诚的人夫，他还是一位探索者，从不压抑自己对神秘事物的向往。一场海难为他提供了契机，奥德修斯拨开迷雾的面纱。《奥德赛》是探险的史诗。这些爱琴海上的希腊岛屿，每一座都有自己的宝藏、自己的财富、自己的承诺与威胁。每一座岛屿都是一个世界。《奥德赛》讲述的就是穿越这一个个世界的故事。

这些世界也很危险。希腊人往来于礁石丛生、惊涛拍岸的半岛上，内心充满了恐惧。

　天哪，我来到了何人的地界，

　族民生性怎样，是暴虐，粗蛮，无法无规

　还是善能友待外客，畏恐神的惩罚？

　　　　　　　　（《奥德赛》，第十三卷，200—202行）

到达伊萨卡岛后，奥德修斯如此悲叹道。

我们能理解这种面对新事物的焦虑吗？我们这些人让

世界成为一个公共空间，并且企图用孩子气的"我们的星球"来定义这片土地。我们能理解周游世界无处停靠时的恐惧吗？能理解所有人类的梦想吗？我们能意识到，奥德修斯走过的每一海里都把他推向了一扇未知的门、都试图置他于危险的境地之中吗？

然而奥德修斯对前进从未犹豫过。他用好奇之心来面对新事物。在独眼巨人基克洛普斯的岛上或女巫喀耳刻的岛上，他一往无前。他将举起利剑，去看，努力去理解。当他的人劝阻他不要远离岸边的船只时，他把镶着银钉的铜剑扛在肩上，把弓也背上，说他必须去做，因为有一份迫切感催使着他。

确实，有时长着猫头鹰灰色眼睛的女神或赫尔墨斯会对他施以援手，高高在上的神为他充当保护天使，但最激励他奋勇直前的是他自己的求知欲。奥德修斯开创了为探索而探索的精神，而欧洲人更是把这种精神发扬光大。

之后，探险精神将被瓦斯科·达·伽马、利文斯顿[①]、

---

① 大卫·利文斯顿（David Livingstone, 1813—1873），英国探险家、传教士，维多利亚瀑布和马拉维湖的发现者，非洲探险的最伟大人物之一。

列维-斯特劳斯、让·鲁什①、库斯托②、赫尔曼·布尔③、夏尔科④、麦哲伦带到海角天涯。受奥德修斯的启发，欧洲人探索了世界。不止如此！奥德修斯，正是他对他者表现出兴趣，在我们这座小小的半岛上诞生了人文学科：人种学，人类学，艺术史，语文学。这些观察、发现的方法帮助我们理解他者。

　　奥德修斯已经在一块小石头上指明了道路。

　　剩下的，就是继续探索整个世界。

　　奥德修斯，我们的启蒙老师！

---

① 让·鲁什（Jean Rouch, 1917—2004），法国人种学家，纪录片大师。

② 雅克-伊夫·库斯托（Jacques-Yves Cousteau, 1910—1997），法国海军军官、探险家、生态学家、电影制片人、摄影家、作家、海洋及海洋生物研究者，法兰西学院院士。

③ 赫尔曼·布尔（Hermann Buhl, 1924—1957），奥地利人，被认为是第二次世界大战之后最优秀的登山者。

④ 让-巴蒂斯特·夏尔科（Jean-Baptiste Charcot, 1867—1936），法国科学家、医学博士与极地科学家。

执着与舍弃

最终，奥德修斯懂得了舍弃。而我们这些贪求功名利禄的可怜人，却全然忽视了一个宝藏，那就是简单、安宁、恬淡的美好生活。它就在我们眼前，可我们不仅对这一财富视而不见，还急于逃离。拥有它时，我们不懂得珍惜，待到失去之时，才痛哭流涕、追悔莫及。

奥德修斯曾在法伊阿基亚国王面前，用寥寥数语描述他心中的美好生活：

我想人间不会有比这更令人高兴的场面：
喜庆的气氛陶醉了所有本地的民众，
食宴在厅堂，整齐地落座，聆听
诗人的唱颂，身边摆着食桌，满堆着
面包肉块，斟者舀酒兑缸，

依次倾倒，注满杯中。

在我看来，这是最美的景状盛隆。

（《奥德赛》，第九卷，5—11行）

有时，即使是最专制的英雄都认同"生命最可贵"。"生命最可贵，生命最可贵"，这句话会唤起耄耋之年的老人们对一首假日沙滩之歌的回忆，这首歌在过去的一个世纪里盛极一时……但在成为"流行金曲"之前，阿喀琉斯早已说过此话，当时的他就一直拒绝参与掩盖在不睦之下的明争暗斗：

我的生命比财富更为可贵——

即便是，按人们所说的，在过去的日子里，

阿开亚人的儿子们尚未到来的和平时期。

（《伊利亚特》，第九卷，401—402行）

之后，英雄还补充道：

但人的魂息，一旦滑出齿隙，便

无法再用暴劫追回，也不能通过易贾复归。

（《伊利亚特》，第九卷，408—409行）

《奥德赛》难道不是一个男人做出的伟大又朴素的努力吗？这个男人将攻城略地、享尽辉煌、历经艰险，但他真正想做的，是寻回生命的意义，"往后余生"在他失而复得的宫殿中安然老去。英雄主义？有时，英雄也为其所累。奥德修斯想回家了。

　　斯多葛派①尊崇时光，将每一刻都当作生命中的最后一刻度过。在命运的天平上，这些微不足道的平淡时光，都比与神对话或金戈铁马的辉煌经历更为重要。

　　唉！不懂这个道理的人很多，你、我、荷马的读者，我们现在还执迷不悟，有朝一日幡然醒悟却为时已晚。我们这些芸芸众生需要穿越海洋、摘星揽月、开疆扩土，而一旦渡过所有难关，我们终将领悟到，"幸福"一直近在眼前。智慧原来就在于珍惜当下所有。然而这一道理悟之晚矣！时光已然逝去！

　　贯穿整部史诗，荷马都不断提到这种割裂。奥德修斯、阿喀琉斯、赫克托耳都是分裂人格的化身，在大海的呼唤和在家过安稳日子之间摇摆挣扎。应该将自己塑造成一个

---

① 斯多葛派，古希腊的四大哲学流派之一，该派学说以伦理学为重心，秉持泛神物质一元论，强调神、自然与人为一体。"神"是宇宙灵魂和智能，其理性渗透整个宇宙，个体小"我"必须依照自然而生活，并融合于整个大自然。

传奇还是满足于庸庸碌碌的小欢喜？在开始逃亡的时候，法布里斯·台尔·唐戈①在科姆湖畔问自己这个问题。约瑟夫·克塞尔②认为此争论正如"运动与静止"一样无法一刀两断地截然分开。我们可以用千百种方式表现这种左右为难：应当追求什么？婚姻还是艳遇？家中的拖鞋还是刺激的赛马？观景台还是床头柜？航海图还是桥牌？睡衣裤还是马术比赛？愿得一心人还是妻妾成群？听话的孩子还是难驯的野马？

对于荷马时代的希腊人来说，等式的一边是美好生活，另一边是名声。

赫克托耳之妻安德洛玛刻在所有人之前就已明白这个选择极为关键。她向赫克托耳苦苦哀求：

哦，鲁莽的汉子，你的骁勇会葬送你的性命！

你既不可怜幼小的儿子，也不可怜你的妻子，

---

① 法布里斯·台尔·唐戈（Fabrice del Dongo），《巴马修道院》中的男主角，与监狱长的女儿克蕾莉亚相爱，并在其帮助下越狱。两人最终放弃了他们的爱情，克蕾莉亚回到了丈夫身边，法布里斯从此隐居在巴马修道院。

② 约瑟夫·克塞尔（Joseph Kessel, 1898—1979），法国记者、小说家、编剧，著有《白日美人》《影子部队》《无忧的过客》等。

即将成为寡妇的倒霉的我。

阿开亚人雄兵麇集，

马上就会扑打上来，把你杀掉。

（《伊利亚特》，第六卷，407—410行）

安德洛玛刻预感到了她丈夫的死亡。赫克托耳的名字可能会被世人记住，但他却再也不能感受拥抱儿子的幸福了。当战勇们明白了安德洛玛刻的直觉时为时已晚。奥德修斯在返回故乡伊萨卡后，将对他的牧猪人说：

我也曾是个幸福的阔佬，

拥有丰足的房产，生活在邻里之中，

常常施助浪者，不管何人，带着何样的需求前来。

我有无数的奴仆，各式各样的好东西，

人们以此欣享生活，被民众称为富有。

但宙斯，克罗诺斯之子，毁了我的一切——

有时，他有这样的嗜好……

（《奥德赛》，第十七卷，419—424行）

墨涅拉俄斯会在奥德修斯的儿子忒勒玛科斯前来拜访

请教时坦言：

> 我历经磨难，葬毁了一个家族，
> 曾是那样强盛，拥有许多奇贵的珍财。
> 我宁愿住在家里，失去三分之二的所有，
> 倘若那些人仍然活着，那些死去的壮汉，
> 远离牧草丰肥的阿耳戈斯，在宽阔的特洛伊平原……
>
> （《奥德赛》，第四卷，95—99行）

但最令人痛心的悔恨莫过于阿喀琉斯的忏悔。奥德修斯与阿喀琉斯在冥府相遇，奥德修斯想要恭维阿喀琉斯，于是向他保证他已声名显赫，受世人歌颂。

飘浮在雾气中的阿喀琉斯的魂灵却强烈地予以反驳，认为奥德修斯此话有误：

> 哦，高贵的奥德修斯，不要舒淡告慰死的悲伤。
> 我宁愿做个帮仆，耕作在别人的农野，
> 没有自己的份地，
> 只有刚够糊口的收入……
>
> （《奥德赛》，第十一卷，488—491行）

无论你们是英雄、富人、天使还是恶魔，是生活幸福的人还是苦于生计的职员，请你们注意了！荷马提醒道，千万不要渴望一场轰轰烈烈的死亡，否则就有可能失去比死亡更重要的、不容忽视的……生命啊！

　　勇敢、英俊、匀称、强壮、声名显赫，随时准备放弃"咖啡人生"（司汤达用以形容平淡的生活）：这就是希腊英雄。把自己拔得那么高，也许有一天，他们会为没能享受到生命中最后一个春日清晨而感到悔恨。英雄是人中豪杰。他的荣耀之盾也许有朝一日会浸满泪水。

神与人

    荷马并不只是满足于把特洛伊平原上战勇们的轮廓勾勒出来。他在字里行间刻画了希腊人的面貌。古人是一种模范，他的形象至今让我们惊叹。两千五百年前，在爱琴海岸，一小群水手和农夫，顶着烈日，冒着风雨，从光溜溜的石子中讨生活，给人类带来了一种生活方式、一种世界观和一种无法逾越的内在行为准则。

    有两种精神是希腊人必备的，那就是好客与虔诚。诗歌中充斥着对诸神的献祭和宴乐的场景。客人们受到款待，就像奥德修斯来到法伊阿基亚人的领地，或普里阿摩斯国王去到死敌的营地一样。现实世界就如同宇宙的一面镜子，接待客人就相当于对神的敬畏。换句话说，宴请就是献祭世俗化的写照。如果在做决定之前没有先尊崇诸神，那就是有违天理；如果不接待一个在宫殿外敲门的流浪汉，那就是有违自己的高尚品德。然而，在荷马看来，要把握好尺度：一个人如果连接待客人的资本都没有，是没办法自夸有殷勤好客之美德的。永远不要以为希腊人的美德是虚的。光说不练是行不通的。当我们接待客人时，我们就得有什么东西可以给对方，无论对方是从战乱中逃离的难民还是暴风雨中遭遇海难的幸存者。在荷马看来，慷慨并不能光是嘴上说说。如果说了要布施，那就应当说到做到，把可以拿出来的东西赠给受施者。

接受命运

荷马时代的人接受自己的命运，这是他们最基本的品质。亚里士多德曾经说过地球上的每一种动物都有"各自的美和本性"。同样，无论是征战沙场，还是在自己的花园、宫殿消磨时光，人类都是在过自己的人生。万物都有自己的秩序，人类也有自己的宿命。我们可以改变命运中的什么呢？美丽、智慧、温柔的瑙西卡将这样劝告奥德修斯：

看来，陌生的来客，你不像是个坏蛋或者没有头脑的蠢人；

宙斯，俄林波斯大神，统掌人间的佳运，

凭他的意愿，送给每一个人，优劣不论。

是他给了你此般境遇，所以你必须容忍。

（《奥德赛》，第六卷，187—190行）

但是我们可以加以提防！接受宿命并不意味着要被动地屈从于命运的变幻莫测。奥德修斯的动力不正是要在被风暴干扰的秩序里找回自己的命运吗？他不会放弃抗争而随波逐流。在这里，我们谈及荷马关于自由定义的悖论之一：我们可以在一幅提前绘制好的天空之图里自由穿行。换言之，就像（出于繁殖需求而）注定要溯河洄游的鲑鱼一样，我们也可以自由地逆流游泳，但是无法改变水流的方向。

　　　至于命运，我想谁也无法挣脱，无论是勇士，还是懦夫，
　　　它钳制着我们，起始于我们出生的时候！

　　　　　　　　　（《伊利亚特》，第六卷，488—489行）

　　赫克托耳对安德洛玛刻如是说。

　　按照这种说法，我们无法反抗命运。人类挣扎着、努力着、反抗着、斗争着，但是他们没有做出极具理性、现代、法式自由的行为，即：谴责自己的命运，为自己的失败找借口，推卸责任，最后用画笔在墙上涂鸦来向世人阐释"禁止禁止"。敢于接受自己未来的命运成就了希腊人的伟大。

　　希腊人因为追求自由而伟大。

安于世

希腊人安于现实。荷马要对这条公认的原则进行阐发。他要丰富希腊哲学。他的思想是有力而简单的：人生苦短，艳阳之下，有些事已然存在，不要对明天这种骗子的故事心怀期待，而是应该去尝试，去享受，懂得心存敬畏。这种在世上自得其乐的至上权力，在加缪的《婚礼集》(Noces) 中备受推崇。这位出生在阿尔及利亚土地上的作家，在"泪水和阳光交织的天空"下，学会了"接受尘世"。是的，对于古希腊人而言，生活就是与这个世界缔结的婚约。自从在这世间出生的那一刻起，这个盟约就宣告达成，无论是好是坏。

这是地中海的日光——它闪耀在加缪笔下的阿尔及尔，也照射在伊萨卡岛的海滨，是否就是它赋予了我们力量，让我们去迎接这个世界纯粹的存在？赞叹希腊岛屿的阳光似乎已经是老生常谈了。旅行社对白色大理石台上的日光浴如此吹捧，以至于这个噱头屡见不鲜。然而，这样的阳光促使了古希腊人去接受他们的命运。它充当了启示者。在它犹如白色雨幕的光芒下，事物皆清晰可见。它们就存在于太阳神赫利俄斯的光辉下，它们是实实在在的、安然不动的、无可辩驳的。

　　一块大石、一朵阿福花、一只小船：这些东西，我们既无法将之移走，也无法否认其存在。那么不如怀着一腔热情，因它们的存在而怡然自得。普里阿摩斯大呼（就像海德格尔在城墙上高谈阔论时那样）：他的一切看来都显得俊美崇高（《伊利亚特》，第二十二卷，73行）。要做希腊人，就是要明白，光之所在即一方乐土，我们就居住于此。我们不需要来世虚无缥缈的幻想，我们只要在一片光明磊落中挺直脊梁……我们可以热爱这阳光带给我们的一切，可以安于"我们的宿命"，可以为我们的事业奋斗，也可以毫不畏惧地静待黑夜降临，因为每一次的黄昏日落都让我们明白，暮色的来临是必然的。在阳光下，永生似乎就成了面色苍白、受不了室外新鲜空气的教堂执事的一个模糊念头。

无所冀

古希腊人不期待彼世。只有一神论才许诺虚幻的天国。

阿尔贝·加缪对潘多拉魔盒的理解与常人相反。潘多拉打开了魔盒后，除了"希望"，所有的不幸都被放了出来。因此希望也被当成了无数不幸之一！这在那一刻不啻为一种讽刺！

古希腊人一无所冀。他们明白生命是被施与的。要热爱其不偏不倚的真实。不去寻求任何当下的不可得。命运给予我们什么就接受什么。不必欢欣明日，因为明日并不存在。这种知足常乐的哲学似乎是一种舍弃。相反，希望缺失之处，万物的存在更能被接受。人应该对当下的存在道出"爱"吗？荷马在《伊利亚特》中用一段辉煌的诗歌，歌颂了这一内在：第十八卷里，忒提斯有意造访赫菲斯托斯，请他为其子阿喀琉斯锻造新的盔甲。

赫菲斯托斯为勇士阿喀琉斯锻造的盾牌上，铸刻着市井、田园、城市、家庭、政治等所有人间图景。这就是神灵给予的影像，如同尘世生活的写真。这是赫菲斯托斯的谷歌地球。盾牌上的图景启示我们，人生的所有财富便是如此了，它们被汇总在道道间隔间，间隔又被包裹在盾边内，人生的所有财富不会比这盾牌更难获取，它们就在那里，我们触手可及。既然一切都汇集在一个乡村或一座城池的尺度内，就在此时此刻，如此切近，唾手可得，友好而熟悉，又何必寄托于彼岸的收获。但应有智慧去理解，勇气去渴望，机敏去察觉，谦逊去求索。听从赫菲斯托斯在金属上锻造的世界，别忘记要无所希冀。知足于盾牌里的世界，知足于赫菲斯托斯的世界！

与此对立的是，现代人与自然的决裂演变成了一种机制：世界越堕落，对玄之又玄的宗教的狂热就表露得越明显。在 21 世纪初，各路牛鬼蛇神纷纷死灰复燃，媒体称其为"宗教回潮"。人类幻想出天国，以此逃避自己的本源。同胞们，掠夺这个世界吧！天堂在等着你们，无数的圣母将会救赎你们的罪恶！

神匠先铸战盾，厚重、硕大，

精工饰制，绕着盾边隆起一道三层的圈围，

闪出熠熠的光亮，映衬着纯银的背带。

盾身五层，宽面上铸着一组组奇美的浮景，

倾注了他的技艺和匠心。

他铸出大地、天空、海洋、不知

疲倦的太阳和盈满溜圆的月亮，

以及众多的星宿，像增色天穹的花环，

普雷阿得斯、华得斯和强有力的俄里昂，

还有大熊座，人们亦称之为"车座"，

总在一个地方旋转，注视着俄里昂；众星中，

唯有大熊座从不下沉沐浴，在俄开阿诺斯的水流。

他还铸下，在盾面上，两座凡人的城市，精美

绝伦。一座表现婚娶和欢庆的场面，

人们正把新娘引出闺房，沿着城街行走，

打着耀眼的火把，庆婚的歌声响亮。

小伙们急步摇转，跳起欢快的舞蹈，

阿洛斯和竖琴的声响此起彼落；女人们

站在自家门前，投出惊赞的眼光。

市场上人群拥聚，观望着

两位男子的争吵，为了一个被杀的亲人，

一笔偿命的血酬。一方当众声称血酬

已付，半点不少，另一方则坚持根本不曾收受；

两人于是求助于审事的仲裁，听凭他的判夺。

人们意见分歧，有的为这方说话，有的为那方辩解；

使者们挡开人群，让地方的长老聚首

商议，坐在溜光的石凳上，围成一个神圣的圆圈，

手握嗓音清亮的使者们交给的节杖。

两人急步上前，依次陈述事情的缘由，

身前放着两塔兰同黄金，准备

赏付给审断最公正的判者。

（《伊利亚特》，第十八卷，478—508 行）

世事繁杂

　　在赫菲斯托斯的刻画中,盾牌上的一切,无论是王公贵族还是农人耕夫,乡野村民还是市井人家,家畜还是走兽,大地还是海洋,冲锋陷阵的战士还是安居乐业的百姓,都栩栩如生。由神创造的真实世界就在那里:各种对立的事物在这个复杂的世界里共生。这与赫拉克利特的"辨证"思想不谋而合——透过艺术家的作品,展现生活的千姿百态。

　　赫拉克利特说过:"神是白天黑夜、冬天夏天、战争和平、饥饿温饱的主宰。"希腊人也说过:"世界就像一件百衲衣,我们应学会接受它的纷繁驳杂。"接纳好过疏远,承认世间的分歧好过大一统和整齐划一。

　　在此,荷马回顾了万物有灵内在的等级秩序。荷马笔下的世界并不是刨子刨出来的那般平整如一。在古希腊,天下没有对等之物，神灵、凡人、野兽皆是如此。凡人之中，何人天赋异禀，何人资质平庸，也都由神意而定。赫克托耳的老父亲普里阿摩斯前来恳求阿喀琉斯归还亡子的遗骸时，阿喀琉斯也曾对他阐明了自己对世界的看法：

> 有两只瓮罐，停放在宙斯宫居的地面，盛着
> 不同的礼物，一只装着福佑，另一只填满苦难。
> 倘若喜好炸雷的宙斯混合这两瓮礼物，把它交给一个
> 凡人，那么，此人既有不幸的时刻，也会时来运转。
> 然而，当收到的瓮罐中只有苦难，那此人就会命运凄惨。
>
> （《伊利亚特》，第二十四卷，527—531行）

古希腊社会是贵族社会。它不是名义上的，而是本身就充斥着不公的人类世界的真实缩影。如果奥德修斯可以战胜他人，不是因为他是一个岛国的国王，而是因为二十载的历练让他变成了最强壮、最聪颖、最优秀的那一个。同样，奥德修斯之所以能收复故土、重掌王位，不是靠出身高贵，而是凭借他的复仇行动、众神的帮助和精神力量的指引。

懂得克己

赫菲斯托斯的神盾是个圆形物件，镶着边儿。寒光闪烁间，性命攸关。盾牌分为好几层，每层圆边都为战士描绘出边界。它包罗万象，但又界限分明。这块金属盾牌的寓意同样适用于人。作为一个希腊人，应懂得自制，去享受命中应得的恩赐。一日，阿波罗果断地介入，让拿着长枪疯狂进攻的狄俄墨得斯安分：

小心，图丢斯之子，给我回去，
不要痴心妄想，试图与神明攀比心计！
神人不属于一个族类，神灵永生，凡人脚踩泥地。

（《伊利亚特》，第五卷，440—442行）

荷马认为阿波罗的这番话"极好"！（人神）悬殊已然

178

奏响，人重归本分，狄俄墨得斯退却了。他本想逾矩，却被指出这是错的。

摒节之需浇灌着希腊哲学，并将构成诗歌的一大关键。德尔斐神庙①的柱廊上铭写着勿使过度（*Rien de trop*）。这并非意味着不可有分毫的过度，而是要让人懂得适可而止。任何逾矩都通向穷途末路。那过分耀眼的、贸然得胜的，终有一日将断送好景。《伊利亚特》始终强调这种时运反转。凯旋者有朝一日也会败北。英雄大捷后有朝一日也可能逃之夭夭。

阿开亚人在逼近特洛伊人后溃散，而特洛伊人也在一次突袭胜利后退败。力量像钟摆，在敌我间来回摆动。昨天的强者成了下一卷诗歌中的弱者。剑走偏锋必会自食其果，有时代价甚大。若不知节制，老天必会收拾。别忘了这句诗：战神公正，会杀倒试图杀人的军兵（《伊利亚特》，第十八卷，309行）。神祇授予英雄一定神力，若其滥用，必会灭亡。

总之，阿喀琉斯的不幸是自食恶果。致命狂怒！末日

---

① 德尔斐（Delphes），主要由阿波罗神庙、雅典女神庙、剧场、体育训练场和运动场组成，是一处重要的"泛希腊圣地"，即所有古希腊城邦共同的圣地。古希腊人认为，德尔斐是地球的中心，是"地球的肚脐"。

冲锋！无情判决！

奥德修斯因劫掠特洛伊人、辱骂独眼巨人基克洛普斯而历尽艰辛（背负十字架受难——千年后人们会这么说）。

那些曾经风风光光凯旋的战勇最终惨淡收场。帕特洛克罗斯在狂暴之巅被人击中后背致死；赫克托耳死后，尸首被人亵渎；阿伽门农被妻子设计谋害；埃阿斯自杀；普里阿摩斯被割喉。这样血腥的结局不过是报应不爽！在特洛伊平原掀起腥风血雨的人都要付出代价。

都要为狂妄赎罪。

那么，不管是诸神、英雄，还是凡夫俗子，都在驶向灭亡。死亡多少带着一些壮烈的色彩。各有各的宿命，诸位多少都能从中得到满足。在命数已定的苍穹之下，各自尚可或多或少地自由起舞。但一切生灵，不管是奥林匹斯山上的诸神、乐天安命的农人，还是戴着头盔的战士，都不应忘记：若不懂克己节制，生命将黯然失色。

而人人都会面临这一考验：他们是否能行走四方而不逾矩？

神、命运和自由

《伊利亚特》和《奥德赛》都把命运的沉重和对自由的向往作了对照。

荷马史诗的主人公是谁？

是上帝的骰子还是自己命运的主人？

是一个傀儡还是一个活生生的人？

在爱因斯坦看来，"上帝不掷骰子"。但是，奥林匹斯山上的诸神却在特洛伊平原上饶有兴致地玩着。他们同样也下棋，棋子上刻着你们的名字，奥德修斯、阿喀琉斯、赫克托耳、墨涅拉俄斯、狄俄墨得斯，还有你们，阿伽门农、普里阿摩斯、帕特洛克罗斯，以及安德洛玛刻和荷马。诸神在棋盘上掌控着你们的命运！他们是多么随心所欲、玩世不恭！

这些阿开亚和特洛伊的英雄，你们是自己生命的真正主宰吗？抑或是你们曾多次祈求祷告的奥林匹斯山诸神的骰子？

诸神并不要求希腊人服从他们的教条。神话世界不合乎伦理，这里的道德并不是和伊斯兰教一样判断符合或不符合教义，也不是跟基督教一样定性好坏。在这片古老的天空下，一切都是如此地坦率：诸神需要人来解决他们自己的私事。

《伊利亚特》中一首可怕的诗扫清了我们的奢望，以为自己在神的天平上有一定的分量。格劳科斯（Glaucos）对狄俄墨得斯说：

> 凡人的生活啊，就像树叶的落聚。
> 凉风吹散垂挂枝头的旧叶，但一日
> 春风拂起，枝干便会抽发茸密的新绿。
> 人同此理，新的一代崛起，老的一代死去。
>
> （《伊利亚特》，第六卷，146—149 行）

这首诗太残酷太可怕，但又是那么清醒理性！

这是一神论出现前的一首诗。一神论的出现推翻了先前的平衡，把人放在了生者殿堂的最顶端。但是在古代的智慧中，人只是一根草芥！人认为自己缺少存在感的想法贯穿了哲学史。思想家们接二连三地来定义我们的空虚之感。赫拉克利特认为，生命短暂，稍纵即逝。佛教认为，生命是一种永远的轮回。齐奥朗①写了《出生的麻烦》

---

① 埃米尔·米歇尔·齐奥朗（Emil Michel Cioran, 1911—1995），原籍罗马尼亚后移居法国的哲学家，以文辞精雅新奇、思想深邃激烈见称。在孤独中思想，在孤独中写作，《生存的诱惑》《历史与乌托邦》等著作奠定了他哲学家和文学家的重要地位。

（*L'inconvénient d'être né*）。塞利纳①有一句名言："其实不应该的是降生到这个世上。"许多思想家都不相信人是至高无上的。品达②在《皮西亚第八颂歌》中也以荷马的口吻说："无比短暂！我们每个人都是什么？我们又不是什么？人不过是梦影罢了。"

这难道不是对宙斯这句格言的回应吗？

一切生聚和爬行在地面上的生灵，

凡人最是多灾多难。

（《伊利亚特》，第十七卷，446—447行）

我们可怜的人类的团结友爱，不过就是同属一个被沉重命运碾压、受诅咒的族群内部的惺惺相惜。

---

① 路易-费迪南·塞利纳（Louis-Ferdinand Céline, 1894—1961），法国小说家和医生，著有《长夜行》。

② 品达（Pindare，约前518—约前438），古希腊抒情诗人，以合唱歌著称，著有《皮托竞技胜利者颂》。

神啊，软弱的神

不要萎靡不振！我们要驱逐忧郁。

荷马的史诗中有一种最初的慰藉，也许它看起来微不足道。但在我看来，它至关重要。即便是诸神也逃脱不了命运的支配和操纵，他们一样要忍受命运的枯燥与无趣。

在神话体系中，将天命和神性混为一谈是错误的，诸神并非游戏的主人。

命运不是神。命运象征着宇宙内在的意图，人世间的一切，无论它是否显现，都基于此。

命运是由时间、空间、生死建构的。命运是一切交织、共生、消失又重聚的集合。命运是不断延缓的季节。

当人类打破秩序，他们就开始藐视生命。他们要为他们的狂妄付出代价。奥德修斯在特洛伊大开杀戒，他将付出的代价是遭受二十年的磨难。阿喀琉斯付出的代价则是成为地狱里的亡灵。

那么诸神呢？他们也会遭受命运的审判吗？他们能够完全掌控自己的命运吗？他们必须遵从命运的安排吗？荷马对此并没有作出明确的回答。后来，一神论信徒们对此问题极感兴趣，他们忙于将上帝的全能与命运（得到东方先知们的启示后，我们也可以说是"天意"）的轮廓联系在一起。在荷马时代，情况更加复杂多变。即便是希腊诸神也能看到他们的计划被突如其来的行动打乱。

不妨想想宙斯，这位高高在上的众神和人类之父，眼睁睁看着自己的儿子萨尔珀冬①战死沙场，命丧帕特洛克罗斯的长矛之下。宙斯本想救自己的儿子，却为天后赫拉所劝阻。她认为不能让萨尔珀冬偏离既定命运的轨迹，把他救出悲惨的死亡（《伊利亚特》，第十六卷，442行）。她恳求丈夫："随他去吧！"于是宙斯舍弃了他的儿子。后来，耶稣，一位立志变革的巴勒斯坦年轻人，在各各他山②被钉在十字架上，他在心里用荷马式的口吻质问他的父亲："父亲，为何你将我舍弃？"

---

① 萨尔珀冬（Sarpédon），希腊神话人物，宙斯和劳达墨娅之子，鲁基亚国王，在特洛伊战争中被帕特洛克罗斯所杀。
② 各各他山（Golgotha），也称髑髅地，是耶稣受难地。

因此，即使是宙斯也无法完全掌控一切。他必须向命运妥协，从接受之物和发生之事开始。落到我们头上的宿命、际遇、血统、字迹、货币，不管是人、兽还是神，都必须接受。

若众神奉行自己的计划，他们就不会为人类提供一个总体框架。因为他们既不希望我们得到救赎，也不希望我们受到诅咒。

他们除了追逐自身的利益外，别无他求。若众神是命运的化身，他们势必要将种种事件引向更高的境界。

人们经常看到，众神正坐在宙斯身边商议，在那黄金铺地的宫居（《伊利亚特》，第四卷，1—2行），漫不经心地商谈是否要赶紧让人类陷入战争：

现在，让我们考虑事情发展的归向，

是再次挑起惨烈的恶战和痛苦的搏杀，

还是让他们缔结合约，言归于好。

（《伊利亚特》，第四卷，14—16行）

宙斯询问坐在身边的众神。多么不可思议的场景！也就是说，我们的命运取决于那些神，他们之中有半数在乌佐酒①的作用下昏昏欲睡，醉倒在廊柱前。

据说这些印在埃皮纳勒②版画上的希腊人，在大理石建造的村庄广场上玩着牌，打发无聊的时光。

最终，宙斯发动特洛伊战争，以博得赫拉欢心，后者想消灭特洛伊人以报帕里斯羞辱之仇，起因是他宣称阿芙洛狄忒是最美的女神。也正因为如此，宙斯在整个战争中左右为难。

他必须同时满足忒提斯和赫拉，前者希望特洛伊人取胜，后者希望阿开亚人取胜。宙斯要综合考量。无论是在奥林匹斯山上，还是在人间，在社会党的暑期学校，一切都是错综复杂的。奥林匹斯山，就是一个闹哄哄的可怕集市。

在众神那里，推行的是一种混乱多变的政策，一种多米诺骨牌策略。现代战争让我们对此习以为常。一个国家支持自己敌人的敌人，却没有意识到加剧世界的混乱永远对未来无益。

---

① 乌佐酒（ouzo），一种茴香味的开胃酒，在希腊和塞浦路斯十分受欢迎，是希腊文化的象征。
② 埃皮纳勒（Épinal），法国东北部城市，洛林大区孚日省省会，法国知名的版画和图片生产地。

好战的神

毫无疑问的是，诸神并不希望和平。

战争对于掌权者而言是有用处的。

不仅如此，有时，他们甚至还热衷于战争！当众神展开激烈对战时（譬如雅典娜与阿瑞斯①的打斗），宙斯看得满心欢喜：

他喜上眉梢，心花怒放。

（《伊利亚特》，第二十一卷，389 行）

以战争为契机，宙斯分别给予诸神恩赐。在他的操纵

---

① 阿瑞斯（Arès），宙斯和赫拉之子，也是战神，嗜血战争的化身。在特洛伊战争中，他帮助特洛伊人与希腊人作战，曾被希腊英雄狄俄墨得斯刺伤，后被雅典娜打败。之后在众神大乱中主动挑战雅典娜。

下，人类沦为维护奥林匹斯山稳定的牺牲品。有一天，宙斯警告众神不得介入战斗，雅典娜对此心存异议，提出一个折中的办法①，宙斯回答：

> 不要灰心丧气，我心爱的女儿。我的话
>
> 并不表示严肃的意图；对于你，我总是心怀善意。
>
> （《伊利亚特》，第八卷，39—40行）

言下之意就是：去吧，听从内心的渴望，继续投入战斗吧！

这便是许多哲学家，比如蒲鲁东②，都提出过的理论：权势之人总是乐于见到人们互相争斗。

虽然特洛伊战争距今已有两千五百年，但仍然有某些"黑暗之神"在暗中操控，企图分裂人类。他们的名字不再是宙斯、阿波罗、赫拉或者波塞冬，而是变得更加世俗化

---

① 宙斯命令众神不得帮助希腊联军或特洛伊人，于是，雅典娜提出一个折中的请求：可以不去支持希腊联军，只给他们有益的劝告。

② 皮埃尔-约瑟夫·蒲鲁东（Pierre-Joseph Proudhon, 1809—1865），法国政论家、经济学家，小资产阶级社会主义者，无政府主义奠基人之一，著有《什么是财产?》《贫困的哲学》《社会问题的解决》等。

了。他们无形无影，但目标是一致的。

对自然资源的控制，对能源的过度开发，金融的隐形力量，人口流动，启示宗教①的传播，这些不正是永恒的奥林匹斯山上的恶神在现代的化身吗？为了在血腥中赢得荣耀，人类注定战乱不断。

有时，这些神和人一样，也会利令智昏，受命运的摆布，他们的布局谋划显得近乎可悲，甚至可笑。就像赫拉那样，为了迷倒宙斯，她向阿芙洛狄忒求助。爱神把一个织着花纹的、上面编着各种各样诱惑的条兜（《伊利亚特》，第十四卷，215 行）给了她并叮嘱她，把它藏在你的双乳间（《伊利亚特》，第十四卷，219 行）。请想象一下，一位女士把一件轻薄的短睡衣给了最好的闺蜜，帮她迷惑她的丈夫，如果这种事发生在我们身边，那有多么可笑。

奥林匹斯山上诸神的纷争和他们的弱点殃及人间，使人类在天命、诸神混乱的意志和他们自己的愿望这三者中左右摇摆、苦苦挣扎。

---

① 启示宗教，亦称"天启宗教"，指一种否认理性和科学，崇尚信仰，或认为理性必须服从信仰、信仰又来自神圣启示的宗教派别和思潮。

喜欢干涉的神

屈从于命运女神①使人得以摆脱一切应承担的责任。

若我们认为人生由命运女神主宰，那么，我们怎会因自身未尽责而产生负罪感？

因此，在与阿喀琉斯和解后，阿伽门农对自己的军队发表了讲话。他的自我辩解听起来就像一个政客写的信：

我并没有什么过错，

错在宙斯、命运和穿走迷雾的复仇女神，

他们用粗蛮的痴狂抓住我的心灵，

在那天的集会上，使我，

---

① 此处及下文的"命运女神"在原文中分别为帕耳开（les Parques）和摩伊赖（les Moires），分别对应罗马和希腊神话的命运三女神。她们负责掌控所有神和每一个凡人的命运，是能量最为强大的天神。

用我的权威，夺走了阿喀琉斯的战礼。

然而，我有什么办法？神使这一切变成现实。

愚狂是宙斯的长女，致命的狂妄使我们全都

变得昏昏沉沉。她腿脚纤细，从来不沾

厚实的泥地，而是飘行在气流里，悬离凡人的头顶，

把他们引入迷津。她缠迷过一个又一个凡人。

（《伊利亚特》，第十九卷，86—94行）

接着，他继续筑起这道自我防线：

既然我已受了蒙骗，被宙斯夺走了心智。

（《伊利亚特》，第十九卷，137行）

　　你是否还记得这一句 20 世纪 90 年代的内阁口号——"对此负责，但无罪过"①？这多么符合不择手段往上爬之

---

① 此话出自时任法国社会事务部长的杜法克斯（Dufoix）于 1991 年法国输血丑闻曝光后的公开电视讲话："我深感对此事负责，然而，我并不认为自己有何罪过，事实上，我们根据实际情况做出了在当时看来合理的决定。"从 20 世纪 80 年代中后期开始，因法国卫生部门和全国输血中心的失职，受艾滋病毒污染的血制品在市面流通，使数以万计的法国血友病患者及使用法国血制品的他国病患染上艾滋病或肝炎。1999 年 5 月，共和国法庭针对此案进行宣判，除全国输血（转下页）

人的卑劣。受指控者想必是从阿开亚人的国王[1]身上汲取了灵感，以此掩饰他们自相矛盾的说辞。我们不该将这些伪君子当作彰显古希腊美德的典范。

当然，并非所有英雄都拿外部因素做挡箭牌。有些英雄一人做事一人当，他们接受命运，愿意为自己定下的目标、为分内的职责以及为自己的行为负责，荷马笔下的英雄也许正是这类人。

荷马史诗揭示了诸神插手人间事务的奥秘。保罗·韦纳[2]自问：古希腊人是否相信他们的神话？或许我们可以把这个问题倒过来：诸神是否认为自己掌控着人类？他们以多种方式介入凡人世界，或启发人做出某种行为，或指引人，或给予神启，有时也操纵凡人。

诸神通过向军队注入一种神奇的隐形能量、通过为士兵带去一种抚慰来散布自身的力量。因此，战士们在圣光

(接上页)中心主任及其他三名医生获刑外，负责卫生事务的国务秘书埃尔维（Hervé）被判有罪但免于处罚，同案被起诉的前总理法比尤斯（Fabius）和社会事务部长杜法克斯被宣告无罪。

[1] 指阿伽门农。

[2] 保罗·韦纳（Paul Veyne, 1930— ），法国当代希腊-罗马史研究专家，法兰西公学院荣誉教授，主要著作有《古希腊人是否相信他们的神话》《我们如何书写历史》等。

环绕下前进。这灵丹妙药在他们的血液中流淌，使他们的力量增强百倍。他们不是神，他们胜过机器，他们不再是人类。此时的他们体内住着神。

用现代的话说，这种诸神对人类世界的权力渗透被称为"恩典时刻，神灵感应"。在军队，这叫"部队士气"。

我们知道爱国歌曲是多么鼓舞人心。第一帝国时期，只要拿破仑亲临战场，便会使原本萎靡不振的老近卫军①深受震撼，士气大增。

但在《伊利亚特》中，点燃士气的不是拿破仑这样的凡人，而是女神雅典娜。她对狄俄墨得斯说：

"鼓起勇气，狄俄墨得斯，去和特洛伊人拼战；
在你的胸膛里，我已注入乃父图丢斯②那般的勇力。"

（《伊利亚特》，第五卷，124—125 行）

随后，荷马描绘了这位战士身体发生的巨变。

---

① 老近卫军，拿破仑时期的法军精英老兵，很早开始就追随拿破仑作战。
② 图丢斯（Tydée），古希腊神话中卡吕冬（Calydon）的国王，攻打底比斯的七位英雄之一。

他早就怒火满腔，渴望着和特洛伊人拼战。

现在，他挟持三倍于前的愤怒，像一头狮子，

跃过羊圈的栅栏，被一位牧人击伤，后者

正看护着毛层厚密的羊群，但不曾致命，

倒是催发了它的蛮横，牧人无法把它赶走，

藏身庄院，丢下乱作一团的羊群，

羊儿堆成了垛子，一个压着一个——

兽狮怒气冲冲，蹬腿猛扑，跃出高高的栅栏。

同时，强有力的狄俄墨得斯怒不可遏，扑向特洛伊人。

（《伊利亚特》，第五卷，135—143行）

此时，神明附体，肉身成圣。狄俄墨得斯受到神力灌输，战斗力凌驾于众人之上。

在俗世中也偶有这般奇闻，同狄俄墨得斯一样，有人因获外力加持而绝处逢生。飞行员吉尧梅①曾迫降在人迹罕至的安第斯山脉，徒步翻越山岭回到文明世界后，他感慨道："我所做到的，恐怕就算是猛兽也无法完成。"在这

---

① 亨利·吉尧梅（Henri Guillaumet, 1902—1940），法国传奇飞行员，曾和同事安托万·德·圣埃克絮佩里开辟了非洲-拉美航线。

里，或许就有神明为他注入神力，助他脱险。在《巴马修道院》一书中，司汤达笔下的法布里斯在越狱时也感觉"好像有一股不可思议的力量在推动自己"，使他得以翻过围墙、越过深沟。

荷马史诗中还有一个神力灌体的例子：一天，海神波塞冬决定鼓舞阿开亚人。他从海底现身，用权杖敲了敲大小埃阿斯[①]，施展魔法，为他俩注入勇力。大埃阿斯承认：

> "我也一样，握着枪矛的手，这双克敌制胜的大手，
> 正颤抖出内心的激动；我的力气已在增长，轻快的
> 双脚正催我向前！我甚至期盼着和赫克托耳，
> 这个不知停息的壮汉，一对一地打斗。"
> 就这样，二位互相激励，高兴地
> 体验着神在他们心中激起的嗜战的欢悦。
>
> （《伊利亚特》，第十三卷，77—82行）

大小埃阿斯得神相助，战力突增（如今"人体增

---

① 大埃阿斯为忒拉蒙（Télamon）之子，小埃阿斯为俄伊琉斯（Oïlée）之子，一个身形巨大，一个灵敏迅捷，两位战士团结紧密，并肩作战。

强"① 的科技概念或许就是从这最古老的神话之中得到的启发）。这种神的恩赐只有少数人能享有，而其他被神忽视的可怜人只能气得咬牙切齿。

在《伊利亚特》里，这种神力加持的现象也备受非议。例如，墨涅拉俄斯谴责与其交战的赫克托耳注射了"神力兴奋剂"②：

倘若有人违背神的意愿，

和另一个人、一个神明决意让他获得光荣的人战斗，

那么，灭顶的灾难马上即会临头！

所以，达奈人不会怪罪于我，要是眼见我从

赫克托耳面前退却，因为他在凭借神的力量战斗！

（《伊利亚特》，第十七卷，98—101行）

这声追问直击灵魂：得神助者能算英雄否？

---

① "人体增强"技术是指那些希望通过自然或人工的手段克服人体局限、增强人体素质的技术尝试。

② 《伊利亚特》第十五卷中，赫克托耳身负重伤，危在旦夕。此时太阳神阿波罗现身激励赫克托耳，为他注入勇力，使其重振旗鼓。

众神亲自动手

有时候神灵们不满足于仅仅给凡人注入几滴自己的神力,他们会不请自来,在凡间现身,亲自参与战斗。

那么我们是否可以说这是奇迹呢?就像圣母马利亚在比利牛斯山的一个岩洞里显灵?不是的!因为对于 8 世纪的希腊人来说,神灵接近凡人不依靠超自然的法力,他们就是单纯从奥林匹斯山下来光顾小小的人间剧场。

例如,这边,是一位神改变了箭射出去的方向,那边,是一位女神在引导长矛掷出去的路线;这边,是雅典娜化身为鸟,那边,她又飞到忒勒玛科斯的船尾。当阿喀琉斯怒不可遏地想要杀死阿伽门农时,雅典娜阻止了他。

阿波罗用一团浓雾将赫克托耳笼罩起来,从而使阿喀琉斯的长矛四次错失目标。特洛伊国王普里阿摩斯也是在信使赫尔墨斯的帮助下来到了阿喀琉斯的营帐。

甚至有时候众神之间也会打架斗狠，像人类一样大动干戈，这说明神灵并非完美无缺，他们也会大发雷霆。

众神对插手人间事务是如此投入，以至于他们有时候会任凭本应掩护他们从人类面前消失的乌云蒸发散去。在神话世界里，奇观是司空见惯的。

在众神中，有的神会以人形出现在凡间，比如海神波塞冬在《伊利亚特》的第十三卷中就是以一位占卜术士的形象现身的；有的则会在下凡时依然保留其神的样貌，例如雅典娜在首卷中就以女神的形象抚摸着阿喀琉斯的头发。要注意，并不是所有人类都能看到神灵的现身过程，正如荷马所说，"神明不会正大光明地在所有人面前现出真身"（《奥德赛》，第十六卷，161 行）。雅典娜在奥德修斯面前现身时，就不会让忒勒玛科斯认出她来。

雅典娜有时会变身成得伊福玻斯①来蒙骗赫克托耳，有时则化身为门托耳②来指点忒勒玛科斯，有时又会化身

---

① 得伊福玻斯（Déiphobe），特洛伊的王子之一，帕里斯的哥哥，赫克托耳的弟弟。在帕里斯死后，他得到了海伦。特洛伊沦陷时被希腊联军所杀。

② 门托耳（Mentor），奥德修斯的好友。奥德修斯在出征特洛伊前，将自己的儿子忒勒玛科斯托付给门托耳，而门托耳最终将忒勒玛科斯培养成一个顶天立地的人。在忒勒玛科斯充满挑战的一生中，每当危险降临，希腊诸神就会化身门托耳，帮助他渡过难关。

飞燕在奥德修斯的宫殿中盘旋。拥有着迷人双眸的女神是她——雅典娜，这位独具猫头鹰之眼的女神在变身术上最具才华。

其实神灵只不过是人类情感的复刻、情绪的化身，或者学究点儿说，是人类内心状态的一种象征性存在的物化表达，如何看待这种说法呢？

这些心理学上的反应有着各自的名称，例如诱惑难当时会想到阿芙洛狄忒，愤怒时就会提到阿瑞斯，谈及聪明才智时就会想到雅典娜，热血好战时就会提到阿波罗。雅典娜阻止阿喀琉斯杀死阿伽门农，这不正是内心纠结的一种隐喻表现吗？这种将人类情绪的神化比拟理论就像燃料一样促进了精神分析学说的发展。作家亨利·米勒就曾凭他一贯见微知著的敏锐目光指出，精神分析学说不过就是把希腊神话的那一套解释搬到人体生殖器官上罢了。

人，傀儡还是主人？

　　而我们这些凡夫俗子，到底是自由之身还是受人摆布的傀儡？

　　帕耳开代表命运女神，她们摊开、纺织、裁剪命运之网，就连诸神也受制于此。如果我们的生活早已在网上织就，那还有什么行动取决于我们自己呢？

　　这个问题，荷马并未向我们言明。但人类明白：众神在操控他们。

　　在《伊利亚特》开头，普里阿摩斯这样安慰海伦：

我没有责怪你；在我看来，该受责备的是神，

是他们把我拖入了这场对抗阿开亚人的悲苦的战争。

　　　　　　　　　　　（《伊利亚特》，第三卷，164—165行）

之后，还是普里阿摩斯，他请勇士们稍作休整，向他们发令：

> 但明天，我们将重新开战，一直打到天意
> 在你我两军之间做出选择，把胜利赐归其中的一方。

（《伊利亚特》，第七卷，377—378行）

若说奥德修斯得以逃脱卡吕普索的迷惑，那是因为诸神希望如此。

《奥德赛》开篇中，宙斯在诸神大会上说：

> 这样吧，让我等在此的众神谋划他的回归，
> 使他得返故乡。

（《奥德赛》，第一卷，76—77行）

这样看来，奥德修斯的回归全是诸神的旨意，而不是英雄战胜命运的成果。

人类一生中的种种遭遇都是神赋予的。人类对命运的顺从在赫克托耳身上体现更甚。在重返战斗之前，他与安德洛玛刻道别，说他不能看着儿子成长了，并道出这样

的话：

> 至于命运，无人可以挣脱逃避，
>
> 我想，无论是勇士，还是懦夫，在出生的一刻定下。
>
> （《伊利亚特》，第六卷，488—489行）

但那又如何？神明织就我们的命网，难道我们就一辈子甘为奴隶吗？我们自身的能动性又有何用？荷马让人隐约看见留给可怜人类发挥一丝作为的空间，当阿喀琉斯坦言：

> "尽管如此，我将使特洛伊人受够我的打斗，
>
> 我将战斗不止！"
>
> 言罢，他吆喝策励坚蹄的马儿，
>
> 奔驶在前排的战列之中。
>
> （《伊利亚特》，第十九卷，422—424行）

因此，人们还是可以有自己的策略和图谋啊！

这样一来，有些人就能挣脱宿命的枷锁。神明不是任何时候都无所不能，因为古时的人们有办法使他们迁就退

让！就连神明也会屈让（《伊利亚特》，第九卷，497行），为说服阿喀琉斯重返战斗，福伊尼克斯劝道：

> 他们更刚烈，更强健，享领更多的尊荣。
> 倘若有人做下错事，犯了规矩，他可通过恳求
> 甚至使神祇姑息容让，用祭品和
> 虔诚的许愿，用满杯的奠酒和浓熟的香烟。
>
> （《伊利亚特》，第九卷，498—501行）

在奥林匹斯山上，一切皆可商量！

人类的自由在于他们可以选择激进地还是坦然地接受为之谱写的篇章。这是荷马思想的主线：拥有自由并不代表能够决定命运，而是要先接受它，然后选择精神百倍或是灰心丧气地迎接它，进而满怀感激或是不情不愿地投身其中。

希腊英雄拥有从容应对既定人生的自由，尽情展现他的处世之道，坦然面对生死。这样一来，在已经织就的命运的脉络中，我们就能享有一点发挥的空间。

总之，生活还是要继续，要唱着歌，走向既定的命运。

生之双重因果

命运和自由意志之间的冲突如同一种双重因果。

荷马认为，人们得到诸神的帮助，但"与此同时"也保留了一部分的自由：因为他们可以带着或多或少的激情奔向命运，有时还能掌控一二。

天神领舞。这一点他们都知道。

命运可以使人屈服。这一点他们也知道。

命格已定，但书写间仍有一丝可为。

总之，人们可以在纷繁的命运中感受到某种东西。特洛伊平原上军队齐唱的颂词就是明证：

有人会开口作诵，举目辽阔的天穹：

"父亲宙斯，从伊达山上督视我们的天神，

光荣的典范，伟大的象征！

答应给埃阿斯荣光，让他决胜战成。

倘若你确实关心和钟爱赫克托耳，

也得让双方机会均沾，分享战斗的荣烈！"

（《伊利亚特》，第七卷，201—205 行）

"机会均沾"，这是关键词。一切皆有可能，人的自由意志最终可以决定事情的结局。至少人们可以用这一幻想来安慰自己……

阿喀琉斯是命运和自由双重因果的完美化身。他知道自己会死。他的母亲早就预言过他的结局。他很清楚自己的命运就是死在战火纷飞的岸边。

然而，他有选择。他本可以重新上船返回故乡。在帕特洛克罗斯战死之前，他一直拒绝出战。但就在好友死讯传来的那一刻，他奔赴沙场。

他知道自己杀死赫克托耳必遭杀身之祸，因为忒提斯告诉过他，可他依然投身战斗，陷入疯狂，宣泄悲痛。诸神试图阻止他，但他最终还是化为亡魂进入地狱。

因此，这就是一位英雄人物，他的心愿就是奔向他的宿命。不顾一切，无论怎样仍要朝之奔去。

自由就是明知命运不可战胜仍向它迈进。至于我们，这些现代的游荡者，接受这种关于自由的说法似乎令人沮丧。这在我们歌颂个人自由的内心显得陌生。

但这是一个很美好的想法。因为，毕竟我们都难免一死。虽然我们不知道是在哪一天、哪一刻，却知道生命终会落幕。难道这能阻止我们翩然起舞吗？

诸神的结论

在《奥德赛》开篇，宙斯在众神前发言。他谴责埃癸斯托斯，此人是杀死阿伽门农的凶手，最终死于为父报仇的俄瑞斯忒斯手下。宙斯仅寥寥数语便描绘了凡人的命运与其被赐予的自由之间的关系。

可耻啊——我说！凡人责怪我等众神，

说我们给了他们苦难，然而事实却并非这样：

他们以自己的粗莽，逾越既定的规限，替自己招致悲伤，

一如不久前埃癸斯托斯的作为，越出既定的规限，

妍居阿特柔斯之子婚娶的妻房，

将他杀死，在他返家之时，

尽管埃癸斯托斯知晓此事会招来突暴的祸殃——

我们曾明告于他，

派出眼睛雪亮的赫尔墨斯，

叫他不要杀人，也不要抢占他的妻房：

俄瑞斯忒斯会报仇雪恨，为阿特柔斯之子，

一经长大成人，思盼回返故乡。

赫尔墨斯曾如此告说，但尽管心怀善意，

却不能使埃癸斯托斯回头；现在，此人已付出昂贵的代价。

听罢这番话，灰眼睛女神雅典娜答道：

……

然而，我的心灵正为聪颖的奥德修斯煎痛，

可怜的人，至今远离亲朋

……

难道奥德修斯不曾愉悦你的心房，

在阿耳吉维人的船边，

宽阔的特洛伊平野？

（《奥德赛》，第一卷，32—62行）

总之，如果我们使用一种更世俗的语言来解读（要注意分寸！）宙斯的话，那似乎可以理解为人类是有选择的。

凡人总是责怪众神，对他而言，这最简单省事。他本可以选择自己要走的道路，但他还是更愿意逃避选择。

人有时会得到神的帮助，对于要走的道路，神灵会给他启示——正如赫尔墨斯所做的那样。

然而凡人的越界使他自己迷失方向，但这时他还有控制自己的自由。因而可以说，一切都是凡人咎由自取，而不是受到了难打交道的神明的玩弄。现在，他该为自己的胡作妄为付出代价了。

但是，仍有一条可逃离此苦难的出路：学会辨别，追寻美好的生活，懂得平衡和分寸（不可杀人，不可觊觎别人的妻子，宙斯如此提醒道，这些话语与日后十诫中对世人的告诫是一致的！）。

雅典娜说：该让奥德修斯来回答这个关于修补人生的重大问题。那么让我们来到丹麦赫尔辛格的城墙上。哈姆雷特失魂落魄地在那里游荡。"这是一个颠倒混乱的时代，唉，倒霉的我却要负起重整乾坤的责任！"[①] 这也是奥德修斯的使命。

奥德修斯同意宙斯关于凡人的言论。但在这种情况下，他仍招致了海神波塞冬的愤怒。他将要在这条布满圈套的

---

① 原文为：*The time is out of joint，I was born to set it right*！此处译文沿用朱生豪所译的《哈姆雷特：中英双语本》，中华书局，2016 年。

道路上为其错误付出代价。《奥德赛》记录的是他的请求宽恕之路。在这条路的尽头，也许回报会突然到来。

此刻的目的地是他那已被求婚者们侵占的宫殿。

只有奥德修斯才能弥补他曾搞砸的事。

只有奥德修斯才能抹去僭越的行为。

只有奥德修斯才能重整乾坤。

只有"坚忍的奥德修斯"才配重获自由，尽管他最初曾对他享受的自由不屑一顾。

此刻，他可以自由选择是否让别人看到他的自由。

战争，我们的母亲

"对人类而言，没有什么比杀戮更自然的事儿了。"这句话是西蒙娜·薇依①说的，借一位从奥林匹斯山落入人间的神的叹息。女哲学家称《伊利亚特》是"力量之诗"。

我们或许可以反驳她说诗中还有其他主题，比如怜悯、温柔、友谊、思乡、忠诚、爱情。

西蒙娜·薇依写关于《伊利亚特》的文章是在 1939—1941 年间，当时纳粹主义②的浪潮四处蔓延，纳粹踏遍欧洲的铁蹄将恐惧散布到整篇阅读之中。

她的阅读感受揭示了一种确信（荷马应该也不会否认）：战争是我们的头等大事。或许是最古老也是最永恒的。我们以为战争平息了、沉睡了，而它却苏醒了、复燃了。和平的灰烬下掩埋着不熄的战火。以为一场世界大战

---

① 西蒙娜·薇依（Simone Weil, 1909—1943），法国犹太裔哲学家、作家、神秘主义思想家，著有《源于期待》《重负与神恩》等。

② 这个政治词汇源于德语的 Nationaler Sozialismus，萌芽于第一次世界大战后内外矛盾尖锐的德国。第二次世界大战前由希特勒等人正式提出，其基本理论包括种族优秀论、一切领域的"领袖"原则等。

是"最后一战"（der des ders）或许是那些应征入伍、出发去前线的人的希望，他们错把自己的希望当成了信念。全是荷马史诗读得太少的缘故。

人类不要战争！

在《伊利亚特》的开篇，人们不想打仗。历时九年的征战之后，从海上来的阿开亚人希望可以重返故土。

就像所有远离大本营的军队那样，时间会消磨他们的斗志。

人们梦想回到家园。

没有什么比一个士兵的夜晚更充满思乡愁绪了，拿破仑对此一清二楚，他通过了解露营士兵做的梦去准备战役。

甚至阿伽门农，阿特柔斯之子，也承认：出征特洛伊是一次失败的行动，应该考虑班师回朝了。《伊利亚特》最初的诗句就蕴含了阿开亚人的国王重返故国的希冀：

属于大神宙斯的时间九年过去了，
海船的木板已经腐烂，缆绳已经蚀断。

在那遥远的故乡，我们的妻房和幼小的孩子

正坐身厅堂，等盼着我们，

而我们的战事仍在继续——

为了它，我们离家来此——像以往一样无有穷期。

不干了，按我说的做！让我们顺从屈服，

登船上路，逃返我们热爱的故乡

别再想攻下街道宽阔的特洛伊。

（《伊利亚特》，第二卷，134—141行）

这是开头的几个章节。尽管希冀和平，然而很快将血流成河，怒吼声将盖过兵戎相见的击打声。

就在此时，不像诸神那么逍遥洒脱的人类还在试图避免杀戮。

试图用外交途径达成和解。

外交使团的滔滔辞令不就是战争前夕最可靠的征兆吗？使节越是彬彬有礼，悲剧就离我们越近……

在最初的章节中，战争还在酝酿之中。

赫克托耳怂恿弟弟帕里斯和墨涅拉俄斯决斗。战胜的一方可以带走海伦，两支军队就可以重新回到各自的营地。后来，他又试图把不可避免的战争化为双方两位勇士的打斗。他知道，并且已经感觉到：

> 高坐云端的宙斯不会兑现他的誓约，
>
> 他用心险恶，要我们互相残杀，
>
> 结果是，要么让你们攻下城楼坚固的特洛伊，
>
> 要么使你们横尸在破浪远航的海船旁。

（《伊利亚特》，第七卷，69—72行）

为了避免这样的结局，他建议一个希腊人出来向他挑战。

这一和平的解决方法是古代人的梦想：把两军对垒变成首领之间的决斗。这样一来，巨大的冲突就可以在决斗场上得到化解。决斗双方都代表了千百万的民众。就像是一场可以各代表一方的巨人之间的决斗。

说到底，这是解决现代各国纷争的原则：王子或总统在宫中一争高下，几个犹大被带走，民心保持安定。

试想一下，如果沙皇亚历山大一世和拿破仑于黎明时分在证人的见证下拔刀决斗，如果德皇威廉二世和克列孟梭（Clémenceau）在巴黎战神广场对打，那战场上会少流多少血？

如果今天，土耳其总统埃尔多安（Erdogan）和德国总理默克尔（Merkel）打上一架？对阿开亚人而言，决斗这个办法是一个虔诚的心愿、一个温柔的幻景，戏梦一场罢了。因为诸神已经设下圈套，渴望看到人类血流成河。

长话短说，棕发的墨涅拉俄斯本可以向英俊的帕里斯提出挑战。这将决定海伦的命运。

此外，这场打斗一定会很精彩！电影导演克里斯托弗·诺兰①肯定可以拍出大片的感觉。

《伊利亚特》开场时人们的意愿难道不值得颂扬吗？人类已经厌倦了战争。很快我们就会发现诸神最终也和人类一样。

《伊利亚特》和《奥德赛》都是尝试摆脱消沉士气的战歌。

---

① 克里斯托弗·诺兰（Christopher Nolan, 1970—　），英国导演、编剧、摄影师和制片人，执导影片《记忆碎片》《蝙蝠侠：侠影之谜》《致命魔术》《盗梦空间》《星际穿越》《敦刻尔克》等。

战争，我们的母亲

阿伽门农讲明了决斗的原则：

倘若亚历克山德罗斯杀了墨涅拉俄斯，
那就让他继续拥有海伦和她的全部财物，
而我们则驾着破浪远洋的海船回家；
但是，倘若棕发的墨涅拉俄斯杀了亚历克山德罗斯，
那就让特洛伊人交还海伦和她的全部财物。

（《伊利亚特》，第三卷，281—285 行）

这个解决方法将少流多少血啊！但不要忘记诸神是好战的。用了一个有点卑鄙的计谋，他们打破了人类定下的契约。

后来，每次两军对垒，我们都能看到有一个神在那里

操纵，藏在军队身后，鼓舞士气和斗志。在描写一场由赫克托耳率领特洛伊军队发起的战役时，荷马直言不讳，说是宙斯"催促人类打仗"。大实话啊！

宙斯催促着他们投入战斗。

特洛伊人奋勇进逼，像一股狂猛的风暴，

裹挟在宙斯的闪电下，直扑地面，

扫荡着海洋，发出隆隆的巨响，激起

排排长浪，推涌着咆哮的水势，

高卷起泛着白沫的浪峰，前呼后拥。

就像这样，特洛伊人队形紧密，有的走在前头，其他人

蜂拥其后，闪着青铜盔甲的流光，跟随着他们的首领。

（《伊利亚特》，第十三卷，794—801行）

我的母亲常给我唱一首冷战时期的苏联歌曲：《俄罗斯人不要战争》（*Les Russes ne veulent pas la guerre*）。

诸神不是俄罗斯人，他们喜欢战争，他们想要开战。他们催促人类发动战争。他们要把人类分而治之。

对某些事情而言，坏事可能是好事，就像后来的俗语说的那样。

昔日奥林匹斯山上伟大的诸神，今天各国的政要，在废墟中生生不息。断瓦残垣就是他们生长的沃土。某些石油寡头从中东的动荡局势中牟取私利，这么说是否有些不合时宜？

战争一旦由诸神挑起，局势就一发不可收拾，任何人都无法阻止。它成了一股汹涌的力量。

人类！不应该释放沉睡在内心深处的暴力。

因为我们会唤醒怒火，什么都无法将其平息。战争化身为一个不受人控制的恶魔。

在这里，我们可以推翻西蒙娜·薇依的论断。

诚然，《伊利亚特》是一首力量之诗，但它也是揭示人类弱点的诗篇。

因为在《伊利亚特》中展现出来的力量、兵戎相见、冲锋陷阵，它们所掩盖的，是人类在催促他们投入战争的诸神面前表现出来的无助和孱弱。这是人类的怯懦，无法摆脱征战沙场的命运，无法让自己安于宁静的生活，注定要走向灾难和灭亡。赫拉克利特说得没错："战争是万物之父。"巴尔扎克在《论现代兴奋剂》（*Traité des excitants modernes*）一书中引用了拿破仑夸大其词的一句话："战争是一种自然状态。"

人类摆脱困境的唯一机会就是英雄主义。战争只是一个凸显个人价值的平淡无奇的背景。

一些人在战场上奋勇直前，抓住了出人头地的机会。决斗、建功立业（指的是一系列个人的英勇事迹）、鼓舞人心、困兽犹斗、奋勇冲杀都是荷马乐于描绘的个人的英雄事迹。

古代认为的高贵品格就是想方设法在混战中闪耀美德的光辉。米歇尔·戴翁在《斯佩察岛的阳台》（Le Balcon de Spetsai）中这样写道："这是希腊真正的荣耀：让品德、智慧、勇气、美和高贵成为胜利的一方。"

不可避免的战斗

除了战斗，人类别无选择。《伊利亚特》就像一首宿命之歌。对荷马而言，不同的人类社会只要碰到一起就会用冲突去解决问题。这是他们的命数，也是他们的厄运。老诗人说得没错。历史一次次证明：人与人之间维系的最普遍的关系就是敌对。和平不过是两场战乱的间歇期。

"和平只是一句空话，"柏拉图在《法律篇》（*Les Lois*）中这样说道。

活着就是杀戮，荷马史诗回应道。

这种荷马式通过暴力达成目的的普遍论调有一种达尔文式"优胜劣汰、适者生存"的意味。赢得荣誉、财富、名声，拥有女人、国家，荣华富贵，报仇雪恨，恢复被玷污的名誉：阿开亚人追求的一切都让他们投身战斗。人是脱缰的野兽，从两千五百年前到今天，他们唯一想做的事情就是你争我斗。

《伊利亚特》之后，《奥德赛》好歹提供了另一条出路：逃离，返乡，忘记噩梦，让在恢复血淋淋的宇宙秩序中受伤的伤口愈合。但是，读者们！别忘了当你们的小屋冒烟了，战火还会再次燃起。而且在《奥德赛》最后，战争还是再次爆发了。宙斯让雅典娜达成一个长期的和平条约。希望和平可以维持得久一些，我们可以尽情享受宁静祥和的生活。

在《伊利亚特》中，战争让诸神感到厌倦，激起了斯卡曼德罗斯河的愤慨，也让人类筋疲力尽。战争是一个奇怪的暴君。它让我们不由自主地受它操纵。我们憎恨它，但我们却召唤它。没有人希望打仗，但我们却为战争的回归创造了条件。

只有阿波利奈尔认为战争是美丽的，在可怕的枪林弹雨中看到了荒诞的创作灵感。不过写下《醇酒集》（*Alcools*）的诗人陷在绝望的深渊，炮火照亮的是他内心荒芜的花园。

战争首先让阿喀琉斯感到无法忍受：

但愿争斗从神和人的生活里消失，

225

连同驱使哪怕是最明智的人撒野的暴怒，

这苦味的胆汁，比垂滴的蜂蜜还要甜香，

涌聚在人的胸间，似一团烟雾，迷惘着我们的心窍。

（《伊利亚特》，第十八卷，107—110行）

它也让荷马痛心疾首：

他的暴怒招致了这场凶险的祸害，给阿开亚人带来了

受之不尽的苦难，将许多豪杰强健的魂魄

打入了地狱，而把他们的躯体，作为美食，扔给了

狗和兀鸟。

（《伊利亚特》，第一卷，2—5行）

但是能怎么办呢？谁是罪魁祸首？做什么才能阻止谁都不希望发生但还会发生的事情？

众神想要战争。人类就是为战争而生的。还能发生什么别的事情？特洛伊的命运已经注定。《伊利亚特》揭示的是无法避免的动荡。

在这些描写暴力的诗篇中，唯一的安慰是古代交战的双方始终彼此尊重。当然，在长矛掷出的呼啸声中难免夹

杂着几声咒骂，但两军对阵却没有仇恨。古代的战争是一场光明磊落的竞赛。非常暴力，但没有折磨和酷刑。赫克托耳的尸体受到阿喀琉斯的凌辱，但没有哪个活人受到虐待。人人都在英勇奋战中死得其所。在不幸中为什么会有这样一种崇高的境界？

因为战争的理由不是意识形态的问题，也不是政治、宗教或道德层面的。我们国会议员之间的分裂和仇视要比古代英雄之间的嫌隙大得多。

所有凡人都听命于同样的神明。不管是阿开亚人还是特洛伊人，都不想把某个教条、某个偶像强加给对方，也不想征服对方的灵魂。那个年代不是宗教战争的年代，人们只想用自己的传奇去震慑对方。《伊利亚特》甚至不是一场争夺领土的战争。

唯一必须捍卫的是名誉。举手投足都尽显英雄气概。

内心的野兽

自从特洛伊人冲向阿开亚人后，人们就感觉头顶开始乌云密布。

这种让人神经紧张的磁场压力就叫作"战争将至"。突然，晴天霹雳，就像羊皮水袋被戳破了。风浪起了。有什么可以抵挡？

20世纪的诗人也在作品中描写过这种战前的氛围，比如欧登·凡·霍瓦特①的《没有上帝的青春》（*Jeunesse sans dieu*）、班菲·米克洛什②的《愿风把你带走》（*Que le vent vous emporte*）。这种氛围，士兵的体会比作家来得更

---

① 欧登·凡·霍瓦特（Ödön von Horváth，1901—1938），奥匈帝国作家，代表作有《没有上帝的青春》。

② 班菲·米克洛什（Miklós Bánffy，1873—1950），匈牙利作家、政治家，代表作有《外西凡尼亚三部曲》（也译《奥匈帝国命运三部曲》）。

加真切："轰隆隆的暴风雨是何缘故？上天想预示什么？"
《法兰西第一突击队行军曲》（*Marche du 1er commando de France*）这样唱道。我是不是要坦诚地说出我的看法？当我在蒂诺斯岛白色的露台上重读《伊利亚特》的时候，我想到了让世界动荡的事件。从近东到太平洋，到处都有头脑发热的现象。很快，一百亿人口连接在一起，难免互相嫉妒。我感觉乌云在聚集，只有战争才会捅破那一层膜，就像利刃刺穿肚皮。

在《伊利亚特》中，几首开场的诗歌之后，战争孕育成熟了。它浮现，像一头丑陋的野兽，从自身的能量中获得给养，受到自身的激励。

用哲学家（和读过艰深书籍的共和国总统们）的话说，它有"自我性"（ipséité），也就是说，它是"自在之物"（une chose en soi）。

不管是形容激情还是描述事件，希腊人有把一切都拟人化的倾向，战争变成了类似弗兰肯斯坦①创造的怪物。

---

① 弗兰肯斯坦是英国作家玛丽·雪莱在 1818 年创作的长篇小说《弗兰肯斯坦——现代普罗米修斯的故事》（也译作《科学怪人》）的主人公，他是一个热衷于探索生命起源的生物学家，试图征服死亡，创造一种新生命。经过多年潜心研究，他终于发现了创造生命的秘诀，造出了一个怪物。

众神放了一个怪物在人类的实验室里。战争摆脱了人们的控制，超出了人们的想象。怒火中烧的阿喀琉斯一直跑到河里，战争侵蚀了心灵，污染了环境，引起了奥林匹斯山上居民的骚动。它就像一阵旋风：

痛苦的纷争降临在其他所有众神的头上。

他们的心左右摇摆不定，

他们在混乱中对垒。

（《伊利亚特》，二十一卷，385—387行）

甚至连众神都加入了这场死亡之舞，战斗很快变成了群魔乱舞、宇宙刮起的一阵飓风。

荷马的天才之处就在于给战争赋形。战争将四处蔓延，大步踏平原野，就像戈雅①创作的巨人或费里西安·罗普斯②笔下的死神。

———————————

① 戈雅（Goya，1746—1828），西班牙浪漫主义画派画家，代表画作有《裸体的玛哈》《着衣的玛哈》《阳伞》《巨人》等。

② 费里西安·罗普斯（Félicien Rops，1833—1898），比利时漫画的先驱之一，也是颓废主义运动的重要人物，主要制作版画和蚀刻版画，因描绘情色和撒旦崇拜的绘画而闻名。

斯大林，在纳粹德国实施巴巴罗萨计划①后，马上命令一位苏联诗人写了一首鼓舞士气的歌曲②。在后来被传唱的主歌中，我们可以听到荷马式的对战争拟人化的描写：

正义的愤怒
像巨浪滚滚沸腾！
这是人民的战争，
神圣的战争！

荷马是最早知道思想可以化为力量的艺术家。他在诗歌中证明冲动可以化为具体的行动。是激情触发了事件而不是相反。随后，事件演化为不可操控的力量。在盲诗人之后，很多作家和思想家都相继表达了对战争自我性的看法。恩斯特·荣格尔在《作为内心体验的战斗》（*Le Combat comme expérience intérieure*），一篇充满幻觉、受到 20 世纪 20 年代法国超现实主义作家致敬的文本中，描

---

① 巴巴罗萨计划（Barbarossa）是纳粹德国在第二次世界大战中发起的侵苏行动的代号。
② 此处指的是由瓦·列别杰夫-库马契作词、阿·阿列克桑德罗夫作曲的苏联卫国战争名曲《神圣的战争》。

写了厄里倪厄斯①——嗜血的恶犬、致命的女神，她们苏醒了，失控了："战争不仅仅是我们的父亲，它也是我们的儿子；我们催生了它就像它孕育了我们一样。"在《伊利亚特》中，人类发动战争。之后战争被赋形了，有了生命，扮演起人类的角色。

因此，探究特洛伊战争的根源显得有些空洞。但这个问题却让所有人争论不休：宙斯想惩罚人类吗？是忒提斯引发了战争吗？只有阿喀琉斯要受到指责？海伦是事件的关键抑或只是叙事的借口？一场普里阿摩斯和阿伽门农之间简单的权力之争？定居民族对抗航海民族的没完没了的纷争？经学家们甚至有这样一种说法，认为宙斯想要消灭让地球表面变得拥挤的成千上万的人类，以此来讨好该亚。这些论调都很有趣，也为野史和专栏提供了素材。但它们都是无凭无据的。

别忘了戈雅画的巨人的形象，他大步走在平原上，而人类正在死去。

战争是人类的伴侣。它在我们的星球上游荡，它是永

---

① 厄里倪厄斯（Érinyes），古希腊语的字面意思是"愤怒"，是希腊神话中三位复仇女神阿勒克图（不安女神）、墨纪拉（嫉妒女神）和底西福涅（报仇女神）的统称。

恒的阴影，是伺机而动的恶犬。

它饥渴，什么都无法让它餍足。而人类将一直乐于平息它的饥渴。总而言之，特洛伊战争发生了，因为什么都无法阻止它的发生。不仅特洛伊战争发生了，而且其他形形色色的特洛伊战争也一直都在上演。

雅典娜，在史诗的开头，穿行在一排排士气低落的希腊士兵中间。她想激起他们的斗志。荷马记录下这可怕的一幕：

> 女神穿行在阿开亚人的队伍，
>
> 督促他们前进，在每一个战士的心里
>
> 激发起连续战斗的勇气和力量。
>
> 其时，在他们看来，比之驾着深旷的海船，
>
> 返回亲爱的故乡，战斗是一件更为甜美的事情。
>
> （《伊利亚特》，第二卷，450—454行）

荷马是清醒的诗人。他的清醒仿佛在锁上挖了一个孔，为了不丧失我们自身的信念，我们永远都不应该凑到锁孔上看。

摇滚歌剧

　　荷马（可以和孙子媲美）是描写战争艺术的行家里手。我们甚至可以说，他描写了战争的双重艺术：一重是战争的威力，另一重是战争的精妙。

　　或者，换一种说法，前一种是 1944 年巴顿将军[①]率领盟军向阿登地区挺进，后一种是魔鬼般的塔列朗[②]玩弄阴谋诡计！

　　阿喀琉斯代表了蛮力。赫克托耳和奥德修斯结合了武力和计谋，更显聪明机智。

[①] 乔治·史密斯·巴顿（Geroge Smith Patton Jr.，1885—1945），第二次世界大战美国著名的军事将领，号称"铁胆将军"。

[②] 夏尔·莫里斯·塔列朗（Charles Maurice Talleyrand, 1754—1838），法国大革命时期的政治人物，曾担任外交部长和总理大臣等职务。他圆滑机警、老谋深算、权变多诈，是有名的阴谋家。

荷马描绘了波澜壮阔的战争。诗篇中回响着战争的喧闹、众神的呼喊、排兵布阵的动静。《伊利亚特》简直就是一部歌剧和摇滚乐的交响!

荷马就像一部历史巨片的导演,坐在椅子上,把舞台上的群众演员安排好,然后喊:"开机!"好莱坞的所有努力永远都比不上几行永恒的诗句。

有时候是宽镜头。荷马俯瞰整个场面。大队人马交战,之后视线向上移,察看奥林匹斯山上的动静。

众神高高在上,他们是运筹帷幄的军师。伊夫·拉考斯特①在《政治风景》(Paysages politiques)一书中解释了好战的诸神的地理学:"在那些可以看到风景的地方,风景越美,从军事战略上考量,几乎就越是兵家必争之地。"

从凡人的角度来看,这就如同拿破仑总是站在山丘上俯瞰战场和军队的动向。

荷马在混战中还添加了梦幻般的画面。必须是黑泽明②或拍摄了《细细的红线》(La Ligne rouge)的泰伦

---

① 伊夫·拉考斯特(Yves Lacoste, 1929—   ),法国著名的地理学家和地缘政治学家。

② 黑泽明(Akira Kurosawa, 1910—1998),日本电影导演、编剧、制作人,拍摄了电影《罗生门》《七武士》《影武者》等。

斯·马利克①在镜头后面才能拍出这一幕：

阿开亚人从快船边四散出击。
像宙斯撒下的纷扬密匝的雪片，
挟着高天哺育的北风吹送的寒流，
地面上铜盔簇拥，光彩烁烁，
拥出海船，连同层面突鼓的战盾、
条片坚固的胸甲和梣木杆的枪矛。
耀眼的闪光照亮了天空，四周的大地发出笑声；
锃亮的铜光下，兵勇们的脚步踏出隆隆的巨响。

（《伊利亚特》，第十九卷，356—364行）

突然，诗人的眼睛——我们应该说是摄像头——拉近了。发狂的英雄们兵戎相见，完全不再是他们自己。他们是愤怒的决斗者。仿佛是雷德利·斯科特②在拍摄，赛尔

---

① 泰伦斯·马利克（Terrence Malick, 1943— ），美国电影导演、编剧、制作人，拍摄了电影《不毛之地》《细细的红线》《通往仙境》等。
② 雷德利·斯科特（Ridley Scott, 1937— ），英国电影导演、制作人，曾执导《银翼杀手》《美国黑帮》《火星救援》等影片。

乔·莱昂内①在冷眼旁观。这一场景是用 35 毫米胶片拍摄的：

> 阿特柔斯之子像狮子一样冲向
>
> 阿伽门农。
>
> ……
>
> 他一把揪出裴桑德罗斯，把他扔下马车，
>
> 一枪捅进他的胸膛，将他仰面打翻在泥地。
>
> 希波洛科斯跳下马车，试图逃跑，被阿特柔斯之子杀死，
>
> 挥剑截断双臂，砍去头颅，
>
> 像一根木臼，滚到人群当中。
>
> （《伊利亚特》，第十一卷，129—147 行）

之后，读者——应该说是观众——凑得更近，目瞪口呆地看到了这些特写镜头。这简直就是彼得·杰克逊②的摄影团队或《权力的游戏》（*Game of Thrones*）的特效团

---

① 赛尔乔·莱昂内（Sergio Leone, 1929—1989），意大利导演、编剧、制作人，曾执导《罗德岛巨像》《西部往事》《美国往事》等影片。

② 彼得·杰克逊（Peter Jackson, 1961—　），新西兰导演、编剧、制片人，曾执导《罪孽天使》《指环王》《霍比特人》等影片。

队的制作，给我们带来身临其境的视觉冲击。

但荷马比 GoPro 运动摄影机、无人机、合成画面更吸引人，因为他还有诗意。

> 紧随其后，德摩勒昂，
>
> 安忒诺耳之子，一位骠勇的防战能手，
>
> 被刺中太阳穴，青铜的颊片被刺穿，
>
> 铜盔抵挡不住，青铜的枪尖，
>
> 长驱直入，砸烂头骨，溅捣出
>
> 喷飞的脑浆。阿喀琉斯放倒了怒气冲冲的德摩勒昂。
>
> 然后，阿喀琉斯出枪刺中希波达玛斯，在他跳车
>
> 逃命，从他面前跑过之际，枪尖刺入后背，
>
> 壮士竭力呼叫，喘吐出生命的魂息，像一头公牛，
>
> 嘶声吼啸，被一伙年轻人拉着，拖去献祭
>
> 波塞冬，赫利开的主宰——
>
> 裂地之神喜欢看到拖拉的场景。
>
> 就像这样，此人大声啸吼，
>
> 直到高傲的心魂飘离了躯骨。
>
> （《伊利亚特》，第二十卷，395—406 行）

不，纪尧姆·阿波利奈尔！不，恩斯特·荣格尔！我们从来不觉得战争是美丽的，我们这些没有经历过战争的人。

荷马把它呈现在我们面前：战争是我们说不清道不明的宿命。

我们永远无法摆脱它的气息，今天，在中东、在太平洋、在顿巴斯（Donbass）平原，都有最习以为常的战争最古老的回声。

《伊利亚特》在今天回响，那是因为它是战争的诗篇。在两千五百年间，嗜血的冲动一直都没有平息。唯一改变的只是武器，它的性能变得越来越好。进步的是人类的摧毁能力有了提高。

战争的泪水永远不会干涸。哭声传遍四野。我们应该知道这一点，我们应该安享和平。我们应该记住赫克托耳没能看到自己的孩子长大成人。我们应该祝福每一个可以让我们享受有子女承欢膝下的和平时刻。

和平就像是一个奇怪的宝藏。当我们拥有它的时候不珍惜，一旦失去，又追悔莫及。

《伊利亚特》是在没有和平的年代谱写的诗歌。和平不是人类自然的群落生境。世界和平的愿景是哲学家的建构。

思想的高堂广厦被建构的同时，青铜时代在磨刀霍霍，无人机时代在准备芯片大战。

对我们这些幸运的人而言，我们阅读荷马史诗，享受人间和平的果实、瞬间的拥吻。

狂妄或迷途之犬

为何毁掉这些场面？

我想人间不会有比这更令人高兴的场面：

喜庆的气氛陶醉了所有本地的民众，

食宴在厅堂，整齐地落座，聆听

诗人的唱诵，身边摆着食桌，满堆着

面包肉块，斟者舀酒兑缸，

依次倾倒，注满杯中。

在我看来，这是最美的景状盛隆。

（《奥德赛》，第九卷，5—11行）

这是奥德修斯对法伊阿基亚人吐露的心声。再后来：

将来，死亡会从远海袭来，

以极其温柔的形式，值我衰疲的

岁月，富有、舒适的晚年；我周围的民众

将享过幸福美满的生活。

（《奥德赛》，第二十三卷，281—284行）

这是希腊人描绘的梦想。愿终止战争和冒险！愿"余生和家人生活在一起"。

对古代的人而言，什么都比不上温馨和美的生活，适度、平衡、有条不紊、遵循自然的规律。冯·布利克森男爵夫人曾把希腊人的规划搬到了非洲大草原，在恩贡山（Ngong）下追寻"温馨、自由、欢乐"的理想。然而，在特洛伊平原上有的只是暴力和动乱！

为什么人类那么热衷于破坏温馨的生活呢？为什么他想要一改常态，"变得像一头野兽"？

当丈夫赫克托耳重新穿上铠甲的时候，安德洛玛刻指责他这种致命的冲动：

哦，鲁莽的汉子，你的骁勇会葬送你的性命！

你既不可怜幼小的儿子，也不可怜你的妻子，即将成为寡妇的倒霉的我。

（《伊利亚特》，第六卷，407—409行）

为什么我们身上有什么东西总是不安分？

有时候，这种狂热会燃烧，影响到社会机体，蔓延到全世界。古希腊人把这种出格的表现叫作狂妄。

狂妄是人类头脑一时发热打破世界平衡，是对宇宙的一种挑衅。

因为自己的过激，人类让原本稳定的世界失衡了，而自己也受到了诱惑，成了迷途之犬。

对人类的诅咒就在于人永远无法满足于自己本来的样子。宗教哲学让人肩负起平息这种狂热的使命。耶稣说要靠爱邻人，佛说要靠灭欲望，塔木德说要靠普救。和凡夫俗子不同，先知们只有一个目标：灭火。

在荷马那里，人类的堕落并不是被逐出最初的伊甸乐园，而是打乱了一个理想乐园的秩序和安排。

我们当中，谁没有在耕种自己的花园和追寻冒险的远方这两种欲望之间挣扎过呢？

狂野的日子

当我们忘了牢牢抓住激情的缰绳，我们就容易陷入狂妄。

"我以自己的鲁莽，毁了我的兵民。"（《伊利亚特》，第二十二卷，104 行）赫克托耳忏悔道。在特洛伊平原上，一个战勇常常无法自控，在身后留下一片废墟。

于是他招致了众神的愤怒。因为众神心肠很软，原谅一切，唯独不能原谅出格的言行，而他们自己往往是始作俑者。

狂妄依次蔓延到骁勇善战的英雄身上。它在人群中泛滥，像一种会传染的毒素，侵入人心。就像罗西尼①作曲

---

① 焦阿基诺·罗西尼（Gioacchino Rossini, 1792—1868），意大利作曲家，曾为《塞维利亚的理发师》改编的歌剧作曲。

的《塞维利亚的理发师》（*Le Barbier de Séville*）中的谣言一样，四处散播，传递不幸。

不管是希腊人还是特洛伊人，战勇们跟染了梅毒一样。用现代电力术语来说，就是头脑短路了。这样一来，什么都无法阻止他们了。

激战中的墨涅拉俄斯给狂妄下了定义：

但是，你们会受到遏制，虽然已经杀红了双眼。

父亲宙斯，人们说，你的智慧至高无上，绝非凡人

和其他神明可以比及，然而你却使这一切成为现实。

看看你怎样帮助了他们，这帮粗莽的特洛伊兵汉，

他们的战力一直在凶猛地腾升，谁也满足

不了他们嗜血的欲望，在殊死的拼战中。

对任何事情，人都有知足的时候，即使是睡觉、性爱、

甜美的歌唱和舒展的舞蹈。所有

这些，都比战争更能满足人的

性情；然而，特洛伊人的嗜战之壑却永难填满！

（《伊利亚特》，第十三卷，630—639行）

阿喀琉斯代表了狂妄的极致。在特洛伊，他受到阿伽

门农的羞辱，撤出了战斗。他把前来请求他参战的奥德修斯赶走了。但是，当他的好友帕特洛克罗斯被杀，他就下定了决心。他释放了内心的魔鬼，他的愤怒演变为狂暴的怒火。

特洛伊平原上血流成河。如果我们不合时宜地用基督教的一句话说，就是恶魔附体了。阿喀琉斯的愤怒让奥林匹斯山上的众神都惊呆了。

> 宙斯养育的阿喀琉斯把枪矛搁置河岸，
> 靠贴着柽柳枝丛，跳进河里，像一位超人的神仙，
> 仅凭手中的劈剑，心中充满凶邪的杀机，
> 转动身子，挥砍四面的敌人。特洛伊兵勇发出凄惨的
> 号叫，吃受着剑锋的劈打；水面上人血泛涌。
>
> （《伊利亚特》，第二十一卷，17—21行）

阿喀琉斯掳走了多名青壮，不听任何哀求，将他们悉数杀害，有的割喉，有的砍头。狂妄是一条奔流不复返的河流，也是一条鲜血染红的河流，只有众神才能将它遏止。愤怒过度的阿喀琉斯最终受到了众神的厌弃。

希腊人把发怒的战勇无法阻止双手的挥舞、造成可怕

杀戮的画面称作极致（aristie）。荷马常常描绘这些被魔鬼附身的战勇极致的场面。

　　贯穿史诗的狄俄墨得斯、帕特洛克罗斯、墨涅拉俄斯以及阿伽门农本人在战争中的极致表现，都是让人目瞪口呆的片段。刀光剑影，军队遭受了血与火的洗礼。当代的读者自然会联想到科波拉[①]导演的影片《现代启示录》（*Apocalypse Now*）里美国空军出动休伊直升机（UH. 1 Huey）在瓦格纳的音乐中大规模扫荡越南渔村的战争场面。狂妄是启示到来前的世界末日：

　　强有力的狄俄墨得斯怒不可遏，扑向特洛伊人。

　　他杀了阿斯图努斯和呼培荣，民众的牧者，

　　一个死在青铜的枪尖下，打在奶头的上方，

　　另一个死在硕大的铜剑下，砍在肩边的

　　颈骨上，肩臂垂落，和脖子及背项分家。

　　他丢下二者，扑向阿巴斯和波鲁伊多斯，

　　年迈的释梦者欧鲁达马斯的两个儿郎。

[①] 弗朗西斯·福特·科波拉（Francis Ford Coppola, 1939—　　），美国电影导演，执导《教父》《现代启示录》《惊情四百年》等影片。

然而，当二位离家出征之际，老人却没有

替他们释梦——强有力的狄俄墨得斯杀了他俩。

（《伊利亚特》，第五卷，143—151行）

荷马描写的战争的极致是世界史上老生常谈的场面。日耳曼民间传说和斯堪的纳维亚萨迦①中的狂战士（berserkir）、狼人或熊人，都是用来指称那些加入秘密社团的勇士。神奇的仪式赋予他们一种"神奇的宗教魔力，让他们变得嗜血残暴"②，米尔恰·伊利亚德③这样写道。他们让对手望而生畏。法兰西狂怒（furia francese）这个说法源自文艺复兴时期的战争，指的就是法兰西军队狂风暴雨般的进攻。拿破仑也用这个说法，在埃劳战役中，当缪拉④指挥一万骑兵向俄罗斯军队发起进攻时，难道不像荷马史诗中被放到特洛伊平原上骁勇凶猛的狂战士吗？

---

① 萨迦（saga）是一种北欧故事文体，主要讲述家族和英雄传说。

② 《入会、仪式、秘密社团》（*Initiation*, *rites*, *sociétés secrètes*），1959年。——作者注

③ 米尔恰·伊利亚德（Mircea Eliade, 1907—1986），西方著名宗教史家，著有《神圣的存在：比较宗教的范型》《永恒回归的神话》《萨满教：古老的昏迷术》等。

④ 若阿尚·缪拉（Joachim Murat, 1767—1815），法国军事家，杰出的骑兵指挥官，拿破仑一世的元帅。

让这种黩武的狂热降降温吧！在这些自我放飞的举动中难道没有自我毁灭的倾向吗？在古代，狂热（furor）也可以指一种想要终结的欲望。怒气冲冲，人类出发走向深渊，隐约盼着有什么东西可以阻止他，一位神明的手或一支致命的箭。狂妄是披着神话外衣的自杀行为吗？

在阿喀琉斯的愤怒中，我们不难诊断出一种死亡的冲动，这种冲动把全世界、全宇宙、所有人和事都拖进了黑暗。在罗马城墙上，尼禄亲手点燃了柴堆，既然他要死了，那就"让一切都毁灭吧"。

终极惩罚

赫克托耳死后九天，阿喀琉斯继续凌辱这位手下败将的尸体。宙斯把忒提斯召到奥林匹斯山上，对她下令：

去吧，尽快前往地面上的军营，
把我的嘱令转告你的儿男。
告诉她，众神已对他皱起眉头，尤其是我，
心中盛怒难平，针对他的偏狂，
扣留赫克托耳的遗体，在弯翘的船边，不愿把它交还。
或许，他会慑于我的愠怒，交还赫克托耳的遗体。

（《伊利亚特》，第二十四卷，112—116行）

人类最终也可能遭到众神的厌弃。

这就是狂妄的悖论：挑起怒火的是神，给它泼冷水的

252

也是神。一个凡人想摆脱它，而一个神却在煽风点火。说到底，众神对我们并不友善。甚至更糟！他们蔑视我们。阿波罗是这样向波塞冬描述凡人的：

> 他们像树叶一样，一时间风华森茂，勃发出
> 如火的生机，食用大地催产的硕果；然而，好景不长，
> 他们枯竭衰老，体毁人亡。

（《伊利亚特》，第二十一卷，464—466行）

要等到基督教时代到来，造物主和造物之间才有了温情。在荷马史诗那个年代，众神催促人类投身战争，用西蒙娜·薇依的话说，"人类灵魂隶属于武力"。

就说奥德修斯，出于傲慢和狂妄，他把自己的名字告诉了独眼巨人，这触怒了波塞冬。不管是气得面红耳赤还是夸夸其谈，结果都是一样的：违背了恒常的法则。

后来，基督徒创造出原罪的概念。但宗旨是相似的：错误是要付出代价的。缺乏道德准绳让希腊人无法在善恶的天平上作出权衡。他们更愿意用是否符合或违背自然规律去作出判断。

《伊利亚特》展现了力量不断翻转的场面。不幸总是平

均地降落在战争双方身上。风水轮流转，强的变弱，弱的变强。阿喀琉斯，成了最孔武有力的勇士，但很快，他就被河神斯卡曼德罗斯掀起的波涛困住。

在荷马笔下，力量永远都不是永恒的。它总是被颠覆，凯旋的英雄有朝一日也会被发配到地狱里去。

命运就像时钟的钟摆。稍安勿躁，当荷马描写一支军队战胜另一支军队的时候，他总要卖个关子。事实上，命运的车轮再向前滚一下，胜利的队伍就在对方的反攻下溃不成军。

荷马的消极悲观就反映在西蒙娜·薇依总结的这句话里："战胜者和战败者都是难兄难弟。"平原上的风向是会变的。

命运频频反转让读者都感到麻木了。最终，只有众神，也就是说，那些操纵木偶表演即兴喜剧（commedia dell'arte）的人才知道剧情。

狂妄之火永不熄灭！

当人类不知节制，他们就变得可笑。"他们想要的，不过是一切。"西蒙娜·薇依写道。不过是一切是对狂妄的精彩定义。"一切，马上就要"，富足社会助长了这种风气。请不要"碍手碍脚"！

很快，斯卡曼德罗斯河将泛滥成灾，我们也将为违背自然规律而付出代价。

我们在星球上填埋的一车车垃圾不就像是阿喀琉斯倒入河里的一车车尸体吗？被惹恼的河神受不了尸体：我清澈的水流已漂满尸体（《伊利亚特》，第二十一卷，218行）。斯卡曼德罗斯奋起反抗，惩罚阿喀琉斯，他对他的邻居西摩埃斯喊道：

亲爱的兄弟，让我们合力进击，

挡住这个人的勇力，

否则，他会即刻攻破王者普里阿摩斯宏伟的城！

特洛伊人无力和他面对面地拼斗。

帮我打跑这个人，要快！用你众多的溪水，

注满每一条河道；推涨起你的每一股激流，

卷起一峰扑涌的洪浪，随着轰杂的声响，

荡扫林木和山石，阻滞这个狂人的杀冲，

他正仗着自己的勇力，凶暴得与神明相同。

（《伊利亚特》，第二十一卷，308—315 行）

我们可以把河神的愤怒与被八十亿人的贪婪搜刮殆尽的地球的动荡作比较，人类加入了一场全球狂欢，通过你争我夺的大混战连接在一起。

在我旅行期间，我总会把两个形象和河神斯卡曼德罗斯的教训联系在一起。一个是咸海，另一个是吴哥窟的众多寺庙。咸海因为人类的"再造自然"而干涸①，而吴哥窟的大小寺庙被丛林覆盖，树木的根系让巨大的基石解体

———————————

① 咸海原为世界第四大湖，自从 20 世纪 60 年代在土库曼斯坦修建卡拉姆库运河后，入咸海的水量锐减，水位不断下降。

了。在咸海，人类表现了他的妄自尊大。甚至老天都生气了。今天，因为尘土飞扬，连天上的云都像蒙了一层黑纱。在吴哥窟，大自然证明，有朝一日，我们建造的一切都将披上一层裹尸布。

在咸海，我们的傲慢受到了惩罚。

在吴哥窟，人类文明被黄土掩埋。

一切都会过去，一切都会流逝，一切都会消隐，在苏格拉底之前，赫拉克利特就明白了这个道理。人啊！荷马对我们说，你的狂妄怎敌得过众神。你为什么还执迷不悟，想把自己抬高到造物主的地位？

疯狂的掠夺

或许，我们今天还在经历《伊利亚特》中的情节？只要把阿喀琉斯的愤怒换成技术的傲慢。在关于技术的讲座中，海德格尔谈到了催促地球为我们提供资源。这一对地球征用、搜刮的行为和狂妄很像。众神将阻止阿喀琉斯。黑森林的哲学家①认为只有一位诗人才能把我们从不知餍足的贪念中解救出来。我们在等待这位诗人。

阿波罗已经警告过冲去杀死埃内阿斯（Énée）的狄俄墨得斯：

莫要胡来，图丢斯之子，给我乖乖地退回去！不要再

_____

① 指的是海德格尔。

痴心妄想，试图和神明攀比高低！

（《伊利亚特》，第五卷，440—441行）

最终，狂妄成了转折点。人类把自己当成了神或造物主，还是谦逊些吧！不要反对公元前5世纪普罗泰戈拉①正确的论断："人是万物的尺度。"

在21世纪初，我们应该三思！你难道没有听到荷马让我们警惕吗？我们在和大自然打一场特洛伊战争。我们把地球按照人类的意愿去改造。我们让它屈从于我们的欲望，我们对原子、分子、细胞和基因动了手脚。很快，我们会加派科研实验室的人手。我们实现了全面的扩张，八十亿人口都等着地球养活我们。我们灭绝了一些物种，把地面浇上水泥。我们的技术让我们可以获取地下的财富，把有机碳氢化合物释放出来，排放到大气中，重新规划领土，就像埃米尔·维尔哈伦②在一首不知天高地厚的诗里描写的，"用另一种意愿去再造高山、大海和平原"。现在，我们又觊觎卫星、月亮、火星。谁还记得莱卡犬（Laïka）？

---

① 普罗泰戈拉（Protagoras，约前490—约前420），古希腊智者派的主要代表人物，主张"人是万物的尺度"。

② 埃米尔·维尔哈伦（Émile Verhaeren, 1855—1916），比利时法语诗人、剧作家。

它是第一个被送入太空的生物，在空荡荡的宇宙中飘浮了很长时间。这是一条载入苏联航天史的母狗，宇航员们都知道它的旅程有去无回。这就是人类：他对诸神的首次献礼是一条死狗。不用成为一名积极的环保主义者就能发现人类已经行差踏错。邪恶的力量都将爆发出来。它让一些人跟另一些人为敌，让人类一起破坏他们的群落生境。人类成了阿喀琉斯。斯卡曼德罗斯河已泛滥成灾。

与日俱增的狂妄

如果荷马知道我们在谈论"增强现实"（augmenter la réalité）、突破极限、探索外星球、活到一千岁，他肯定会笑话我们。如果古希腊的诸神看到硅谷的科研人员庆祝自己再造了一个科技世界，而不是满足于已经拥有的世界并保护它脆弱的平衡，他们一定会皱眉头。多么奇怪的现象！随着我们周遭的现实环境逐渐恶化，我们见证了一种再造另一个现实的热望。人类对环境的破坏越大，虚拟的造物主就越会许诺一个更加高科技的未来，预言家也越会预言一个超越生死的天堂。什么是世界衰败的原因和后果？那些想要增强现实的人究竟在寻找解决环境恶化的途径，还是在加速它的恶化？这是一个荷马式的问题，因为它又回到了对现实世界各种资源的尊重，必须量力而行，懂得节制，必须满足于属于人类的份额。

从旧石器时代开始，地球上的战争就接连不断。当然，战争可以被视为人类交往的一种常态。但自从 19 世纪工业革命以来还发生了别的变化：人类历史上对真实前所未有的改变。仿佛人类汇聚了所有力量要战胜自然。自然不再是主宰，不再由它制定法则、给出节奏、指明界线。我们这个时代的狂妄就体现在这里。

重读《伊利亚特》，聆听阿波罗的教诲，要知道，弄脏斯卡曼德罗斯河必定自取灭亡。

荷马和纯美

荷马因何得名？是因为他是一位在岸边流浪的孤独的天才，还是因为几个世纪以来一群行吟诗人一代代地传唱他的诗篇？他留下了神圣的话语。《伊利亚特》和《奥德赛》固然有一定的史料文献价值，但它更是熠熠生辉的珍宝。当我们手中握着一颗钻石，我们不会惊叹于碳分子的结构，而是首先感叹它炫目的光泽。1957年，历史学家伯纳德·贝伦森①承认："我这一生，读过很多关于荷马的研究，有哲学的、历史的、考古学的、地理的，等等。从今往后，我只想把它当作纯粹的艺术创作去阅读……"

来，让我们把它当作纯粹的艺术创作来阅读吧！

---

① 伯纳德·贝伦森（Bernard Berenson, 1865—1959），美国艺术史学家，研究意大利文艺复兴时期艺术的权威人士。

神圣的文本

我们这个时代被图像催眠了。我们喜欢 GoPro 运动摄影机胜过字字珠玑，我们相信一架无人机会提升思想，我们在搞清之前就想要高清。在荷马时代，诗歌是繁荣的，语言是神圣的。词语会飞，用荷马的话说就是它"长了翅膀"。对一个英雄而言，在史诗中留下自己的名字就是无上的荣耀！他扎根在人类的记忆之中，语言让他永垂不朽。简言之，语言即存在。缪斯不就是记忆女神和宙斯的女儿吗？

一天晚上，奥德修斯应邀参加法伊阿基亚人的筵席。谁也没有认出他来。他请席上助兴的吟游诗人讲述一段特洛伊战争的故事。他听到自己的名字被提起，也正因为这个故事，他明白自己已经进入了集体记忆。他已经越过了那道坎，战胜了遗忘。

讲故事是人的本性。动物可不会写小说。

荷马之后又过了五百年，亚历山大大帝于公元前 334 年越过赫勒斯邦海峡（Hellespont）时参观了阿喀琉斯的墓地，他宣称特洛伊战场上不可战胜的勇士是一个幸运的英雄，"因为他遇到了荷马，记载了他的英雄事迹"。在那个时代，光荣不在于拥有超过百万的点击量，而在于被一位诗人、一位"受过神启"的行吟诗人歌颂。因为我也是从事文学创作群体中的一员，我怀念那个年代：

生活在大地上的人们，所有的凡人，

无不尊敬和爱慕歌手，只因缪斯教会

他们诗唱，钟爱以此为业的每一个人。

（《奥德赛》，第八卷，479—481 行）

那是崇尚言说的年代。或许这样的年代还会再次到来。

能说会道是一种可以和骁勇善战相媲美的优点。而且行吟诗人的形象在赫菲斯托斯打造的盾牌上占据醒目的位置，这个大大的盾牌再现了凡人的生活。诗歌被大声诵唱，行吟诗人用弦乐伴奏。给我们留下很深印象的就是拿着七弦琴的诗人。我们今天推行的轻声朗读是比较新近的一种阅读方式，它源于中世纪早期。很多圣贤文人都不赞成这种方式，认为它有自我封闭的倾向，或者更糟，是误入歧途。

我完全鼓励到广场上放声朗诵的传统的回归。伊达尔戈①夫人，就像奥林匹斯山上的神，组织了一场只有她知道奥秘所在的巴黎不眠夜。大家把这次活动叫作"所有人都穿长袍"，在巴黎的广场上，《伊利亚特》被大声吟诵。

---

① 给年青一代加的注释：她是 2018 年巴黎市长的名字。——作者注

语言之妙

让我们借由奥德修斯的声音去聆听缪斯的才华。我们置身于特洛伊的城墙前。国王阿伽门农建议他的军队停止战斗。他想试探他们。打仗已经打了九年了。每个人都想回家。但没想到奥德修斯说了一番鼓舞士气的话。他不赞同阿伽门农的主张，他对战勇们高谈阔论：

> 他言罢，阿耳吉维人众爆发出震响的喊声：
> 他们纵情欢呼，赞同奥德修斯的讲话，神一样的壮勇；
> 身边的船艘回扬出巨大的轰响，荡送着阿开亚人的呼吼。
>
> （《伊利亚特》，第二卷，333—335行）

奥德修斯的话赢得了士兵的心。荷马在整部史诗中都强调语言拥有激励人心的力量。它抚慰战败的心灵，鼓舞低落的士气。就像阳光唤醒露营一夜疲惫的身躯，它让一切恢复了活力。从这个角度看，它是神圣的。

在希腊语中，语言产生力量。甚至还不仅如此！它几乎等同于一个神。

在《伊利亚特》中，我们不断听到一个战士或一个神，站在营垒上，给消沉的军队鼓劲打气。他总是把武力和口才结合在一起。他用言语的力量再次发起进攻。命令会让士兵振奋起来！波塞冬就是这样策励他们向前的：

> 可耻啊，阿耳吉维人，未经战火熬炼的新兵！就我而言，
>
> 我相信，只要肯打，你们可以保住海船，使其免遭毁难。
>
> 但是，倘若你们自己消懈不前，躲避痛苦的战斗，
>
> 那么，今天就是你们的末日，被特洛伊人围歼！
>
> （《伊利亚特》，第十三卷，95—98行）

面对特洛伊人的进攻，军队疲惫不堪，狄俄墨得斯就这样鼓舞他的士兵：

> 听罢这番话，阿开亚人的儿子们全都放声高呼，

269

赞同驯马能手狄俄墨得斯的告说。

（《伊利亚特》，第七卷，403—404行）

　　阿喀琉斯不再赌气之后，向士兵们发出严厉的训令，激励他们跟随他的分身、他的兄弟——帕特洛克罗斯投入战斗：

"使出你们的勇力，接战特洛伊军兵！"
一番话使大家鼓起了勇气，增添了力量。
听罢王者的将令，各支分队靠得更加紧密。

（《伊利亚特》，第十六卷，209—211行）

　　听这些勇士说话是不是很激动人心？他们仅凭三言两语就让军队振作起来。话语仿佛给他们的身体注入了灵丹妙药，给予了他们力量。

　　对我们这些数码时代的当代人而言，这样的激励显得不可思议。在特洛伊英雄的召唤过去两千五百年后，我们和世界之间竖起了大小屏幕，图像取代了词语，影响了历史的走向。谁还会因为受到一番话的鼓舞就去冲锋陷阵？

　　2010年以来，难民危机开始的时候，就在阿开亚人的战船行驶的同一片大海上，一些人在逃离暴行。"移民们"在海上溺亡，被冲到海滩上。一些记者、小说家报道了这一事件，却毫无反响。是一张被冲到沙滩上的小男孩的照片让欧洲一众领导人采取了行动。他们开放了边境。一张照片就让他们作出了决定。以后再也不会有 6 月 18 日的号召①，战场上也不会再有狄俄墨得斯的鞭策。语言的力量再也感动不了大众的身心。

荷马在《伊利亚特》中承认，语言的这种神奇的力量有时候也会让他感到疲惫：

像神明一样，叙说一切，这一任务让我感到痛苦。

（《伊利亚特》，第十二卷，176 行）

不过，正因为语言有一种未卜先知的魔力，神话才会穿越千年和我们相遇。

---

① 此处指的是 1940 年 6 月 18 日戴高乐将军在伦敦英国广播公司发表的讲话，他宣读了著名的《告法国人民书》，号召法国人民继续抵抗法西斯的侵略。

纯诗

关于文本形式的美，雅克琳娜·德·罗米伊有一套理论。古代非常复杂的书写手段要求一种完成度很高的创作。技术的局限磨砺了风格。想象一下荷马口述自己的诗歌让抄写人记录的场景。在纸莎草纸上写下一句话是那么费劲，因此在落笔之前一定要字斟句酌。放到文本中的每一个句子都像是镶嵌在皇冠上的一颗钻石。

荷马的风格折射出两大特色。它们让文本熠熠生辉，就像阳光下波光粼粼的地中海一样。有了这两大特色，我们就能听出荷马的音乐。

一是借助大量的定语；二是使用类比。

形容词和比喻！老师教育我们不要使用太多的形容词，也不要滥用比喻。"会让文章显得累赘拖沓！"他们一边说，一边把用红笔划了很多的作业本发还给我们。他们是否听过这段对特洛伊平原上阿开亚军队惊天动地的描写呢？

> 像横扫一切的烈焰，吞噬着覆盖群峰的
> 森林，老远亦可眺见冲天的火光，
> 军勇们雄赳赳地向前迈进，气势不凡的
> 青铜甲械闪着耀眼的光芒，穿过气空，直指苍穹。
> 宛如生栖在考斯特里俄斯河边的亚细亚
> 泽地上的不同种类的水鸟，有野鹤、鹳鹤和
> 脖子颀长的天鹅，展开骄傲的翅膀，
> 或东或西地飞翔，然后成群地停泊在
> 水泽里，整片草野回荡着它们的声响，
> 来自各个部族的兵勇，从海船和营棚里
> 蜂拥到斯卡曼德罗斯平原，承受着人脚
> 和马蹄的踩踏，大地发出可怕的震响。
> 他们在花团似锦的斯卡曼德罗斯平原上摆开阵势，
> 数千之众，人丁之多就像春天的树叶和鲜花。
>
> （《伊利亚特》，第二卷，455—468行）

荷马在行云流水的描写中运用了不少大自然的画面。悲怆的类比帮助诗人打破叙事的紧张气氛。它们表

明全世界都是同呼吸共患难的，不管是动物、人，还是神，都在经历同样的变故，错综复杂，一触即发。一种带着异教色彩的美呈现出来：众生都是相互依存、彼此维系的。希腊人在说神可以不是唯一的、造物主也不是脱离造物高高在上时，肯定不会有精神负担，也不会觉得自己内心丑恶。

这里用了四次类比。和动物比，和植物比，和天气比，和田园景物比。哀歌反映了人类的行动。

有时候，天地间的现象象征了统治宇宙的秩序，和谐、残酷、带着永恒的悲怆、完美、高高在上，而有时候，这种秩序被破坏：

恰如在一个昏暗的秋日，狂风吹扫着

乌黑的大地，宙斯降下滂沱的暴雨，来势凶猛，

痛恨凡人的作为，使他勃然震怒，

在喧嚷的集会上，他们作出歪逆的决断，

抛弃公正，全然不忌惮神的惩治，所以

在他们生活的地域，所有的河床洪水泛滥，

谷地里激流汹涌，冲荡着一道道山坡，

水势滔滔，发出震天的巨响，奔出山林，直扫而下，

泻入灰蒙蒙的大海，劫毁农人精耕的田园。

就像这样，特洛伊人的马儿撒蹄惊跑，呼呼隆隆。

（《伊利亚特》，第十六卷，384—393行）

尽管荷马是个盲人，但他指出，这些画面的壮美和震撼应该是一个喜欢观察山丘、热爱用脚去丈量土地、喜欢在野外风餐露宿之人的所见所闻。或许他热爱航行、钓鱼、在山上露营、醉卧星辰、细嗅丰收的麦穗。他见过猛禽捕猎斑鸠，愤怒的大海淹没船舷，羊群在落日的余晖中回圈。

否则，这些画面的描写不会这么精准。人们可以临时客串摄影师，但客串不了哀歌作者。想象可不是胡编乱造。

文本中繁盛的动植物让荷马建立了一个纵向的世界等级图谱。

众神在上面，动物在下面。两者之间是人的世界，分成普通人、英雄和恶魔。有时候，也会刻画人兽性的一面，那是为了指责他的暴力，荷马把人比作野兽。阿波罗曾这样形容阿喀琉斯：

此人全然不顾礼面，心胸狂蛮，

偏顽执拗，像一头狮子，

沉溺于自己的高傲和勇力。

(《伊利亚特》，第二十四卷，40—42行)

使用比喻对诗人而言是想借机强调，世界还没有堕落到平平的水泥板一块，谁都不能高人一头，众生平等，一切都要依据平等原则。对动物和人都一样：谁在世上都有属于自己的位置。有些人比另一些人更强壮、更英俊、更有天赋、更高贵、更适应潮流。如果狼吞吃了小牛犊，那是自然规律使然：有的动物有獠牙，有的动物是和平的食草动物；前者吃后者。不应该打乱既定的秩序。世界的参差之美建立在不公之上。这一秩序统治着万物。

他攻势逼人，像一头凶狂的狮子，扑向羊群，
数百之众，牧食在一片洼地里，广袤的
草泽由一位缺乏经验的牧人看守，此人不知
如何驱赶一头咬杀弯角壮牛的
猛兽，只是一个劲地跟着最前或最后面的
畜牛奔跑，让那狮子从中段进扑，
生食一头，把牛群赶得撒腿惊跑。就像这样，在父亲
宙斯和赫克托耳面前，阿开亚人吓得不要命似的奔跑，

276

全军溃散，虽然赫克托耳只杀死一个，

慕凯奈的裴里菲忒斯。

科普柔斯心爱的儿子——科普柔斯曾多次替

欧鲁修斯送信，捎给强有力的赫拉克勒斯。

（《伊利亚特》，第十五卷，630—640）

　　用大自然的完美安排、动物的优雅、自然现象的壮观
和植物的勃勃生机，荷马勾勒出神圣的一面。之所以神圣，
是因为在场，因为逼真。神圣就在大自然内在的错综复杂
中闪现。它已经融入其中。

词语的爆炸

荷马把人的虚妄和生物形态的脆弱作比较。地球上所
有生物身不由己地出生，看着自己日渐虚弱，谁也不知道
什么时候死去。大自然总是不断遭到破坏，不断再生更新，
这让荷马去思考大自然生生不息和生命的奥秘。

凡人的生活啊，就像树叶的落聚。
凉风吹散垂挂枝头的旧叶，但一日
春风拂起，枝干便会抽发茸密的新绿。
人同此理，新的一代崛起，老的一代死去。

（《伊利亚特》，第六卷，146—149行）

格劳科斯对狄俄墨得斯这样说道。
看到像云团一样成群飞过的椋鸟或一沙滩挤挤挨挨的

沙丁鱼，我们是否还会认为自己是举足轻重的呢？大自然在不断新旧更替中繁荣昌盛，这也映衬出了人的虚无。大地的肥沃多产是希腊人苦苦追问的疑难之一。大自然这种至高无上、让人歆羡的肥沃多产源自哪里？为什么不知珍惜？

荷马乐于援引各种繁殖力很强的生物，蜜蜂、狼、牝犊、海豚、羊、鸽子、蝙蝠、蛇、猛禽……或许在对描写勃勃生机的渴望中可以看到一种对异教的定义：做异教徒，就是向一个个鲜活的形象致敬，尊重孕育了万物却不关心它们结局的大地。荷马用贪婪的眼睛看着世界，他的抄写人握着笔准备记录。用一句话去描绘一点光芒，这就像参加一场加缪笔下所谓的庆典："人类和大地的婚礼，这个世界唯一真正充满活力的爱情：注定会败坏，但丰饶肥沃。"①

做异教徒，就是站在世界的景观面前，迎接它，但不要抱任何希望——没有任何值得歌颂的未来（多么虚伪！），没有任何永生（多大的玩笑！）。不用去追寻任何东西，除了事情变化的迹象。显露的一切都美（《伊利亚特》，第二

---

① 《婚礼集》（*Noces*），1938 年。——作者注

十二卷，73 行），普里阿摩斯——特洛伊的国王这样说道。是的，一切都美，语言是用来揭示的。它们肩负着去表达如万花筒一般的世界之美的任务。

这个壮丽又危机四伏的世界不知疲倦地闪烁着光芒。描绘层出不穷的缤纷之美，荷马的诗句永远不会匮乏。动物和植物都在那里，在世界的秩序中，就像镶嵌在基层的宝石。

是否要有干涸的心和倦怠的灵魂才会寄希望于虚无缥缈的天堂？而令人惊叹的美景就展现在我们眼前，生机无限。

形容世界的定语

　　为了能配得上他所要描写的世界之美，荷马给每个出场的实体都找了一个定语。动物、凡人和众神都有权拥有一个如影随形的专属形容词。

　　沉迷于统计的专家解释说，对诗人而言，重要的是找到一个能遵守格律的方式。荷马的诗都是六音步的，一句分两个六音步，由短音节或长音节构成。复杂的格律体系有时候让诗人大费周折才能押到韵。不过，他形容英雄或神的定语可以用来凑音节。比如形容雅典娜——"有猫头鹰眼睛的"雅典娜、"宙斯不可战胜的女儿"雅典娜、"灰眼睛女神"雅典娜、"激励人民的"雅典娜；形容波塞冬先后就有"大地之主""大地的基石""裂地之神"或"黑发的环地之神"①。把这些或长或短的定语插入文中就可以调

_____

① 这些形容语的妙译都是菲利普·布吕内的杰作。——作者注

整诗句的韵律。不过这种解释有点过于简单了！

经学家们还认为这些定语可以帮助行吟诗人记忆，让他们借助一种程式化的表达重新开始诵读，那些可以轻松背诵一万行诗句的南斯拉夫诗人也是借助了这一方法。

不过，我们更倾向于这样一种看法，定语的使用应该有一种比凑音节或帮助记忆更高明的用途。

定语体现了它所形容的主语的本质。形容词是围绕在生灵四周的光晕。他是英雄的光环，灵魂的 DNA。神、英雄或普通人带着这些属于他们的定语前进，这些称号揭示了他们的存在。用"捷足的""神样的""宙斯心爱的""攻城略地的"去形容阿喀琉斯就可以节约对他的描写。就像我们的目光，不知道为什么，在一瞥的瞬间就能认出我们所爱之人的身影，同样，定语用一个词就宣告了英雄的出场。

奥德修斯是"拉厄耳忒斯慷慨的儿子""多谋善断""脑子灵光""坚忍"。荷马史诗中最复杂的英雄拥有最多形容他的定语。

英雄带着如影随形的定语出场了："暴躁的"狄俄墨得斯，"微笑的女友"阿芙洛狄忒，"头盔闪亮的"赫克托耳，"著名的能工巧匠"赫菲斯托斯，"煽动人心的"伊多墨纽斯（Idoménée），"快腿追风的"伊里丝（Iris），"受人尊敬的马车夫"福伊尼克斯。宙斯依次是"汇聚乌云的"宙斯、"远见的"宙斯、"喜好炸雷的"宙斯或"声如洪钟的"宙斯。甚至特洛伊城也有拟人化诗意的形容语。它是"险峻的城池""圣城""高门要塞""人丁兴旺的富足之城"，是"迷人的""令人向往的""街道宽阔的""种母马多产的"。

在绚丽多彩的世界面前，一个可怜的诗人和他的纸莎草能做什么呢？在芜杂的万物之下，他或许会感到窒息。除非用定语去对应内在的厚重。形容词是对现实的五彩缤纷的致敬。在《奥德赛》中有一个定语，彰显了想象和现实之间的艺术竞赛。

当奥德修斯回到伊萨卡，他碰到了年迈的牧猪人。这是唯一一个声誉和忠诚都毫无瑕疵的人。荷马恰恰没有使用"忠诚的"或"品德高尚的"之类的形容词。这太简单了。诗人用了"高贵"一词去形容。这个词费了研究者很多笔墨。为什么认为牧猪人是"高贵的"？或许因为"高贵"一词准确地定义了所要修饰的内容，这个形容词想要传达的，就是展示完完全全真实的自我，外表看到的和内心是一致的。因此，高贵就是以真面目示人，不拐弯抹角，不装模作样。用学究的话说，这个定语体现的就是海德格

283

尔所谓的此在（Dasein）。

牧猪人是可靠之人。他没有背叛主人，也不觊觎任何东西，他没有忘记过去的点点滴滴。他和主人记忆中的他一样，没有改变。他接待衣衫褴褛的乞丐，没有认出对方就是奥德修斯。他是奥德修斯在妖魔鬼怪和女巫之后遇到的第一个真正的人。而且，他还那么善良。或许正因为如此，他是高贵的。让自己处在完全的光线之中，实实在在地展现自己，没有一丝做作，站在那里，谦卑地沐浴在存在之光中。离开二十年后，奥德修斯发现牧猪人还和过去一样，这就是牧猪人的高贵之处。借用尼采的话说，他没有变成他现在的样子。他继续保持他过去已有的高贵品格。谁能大言不惭地把这样一个定语用在自己身上？

参考文献

Pietro Citati，*La Pensée chatoyante*，Gallimard，«Folio»，2006.
（西塔提，《灵光集》）

Marcel Conche，*Essais sur Homère*，PUF，«Quadrige»，1999.
（马塞尔·孔什，《荷马散论》）

Héraclite，*Fragments* (trad. Marcel Conche)，PUF，
«épiméthée»，2011.（赫拉克利特，《残篇》）

Jacqueline de Romilly，*Homère*，PUF，«Que sais-je?»，2005.
（雅克琳娜·德·罗米伊，《荷马》）

Jean-Pierre Vernant，*Mythe et pensée chez les Grecs*，La
Découverte Poche，2005.（让-皮埃尔·韦尔南，《希腊人的神
话和思想》）

Paul Veyne，*Les Grecs ont-ils cru à leurs mythes?*，Points-Seuil，
2011.（保罗·韦纳，《古希腊人是否相信他们的神话》）

Simone Weil，*L'Iliade ou le Poème de la force*，Rivages Poche，
2014.（西蒙娜·薇依，《〈伊利亚特〉或力量之诗》）